「わ、わからない……」

　泣きそうな顔で言うと、後ろから伸びてきた手が琉生を抱き竦めた。——貴秋だ。

「大丈夫だよ、泣かないで。僕が気持ち良くしてあげるから」

　後ろからちゅっと音を立てて頬にキスをすると、貴秋の手は琉生の小さな乳首に辿り着く。（P256より）

冷酷王子と不器用な野獣

釘宮つかさ

illustration:
こもとわか

prism bunko

ステージに引きずり出された瞬間、強いスポットライトに目を焼かれる。

あまりの眩しさに、篠田《しのだ》琉生《るい》は逃げるように瞳を閉じた。

(――なんで、こんなことに……)

瞼の裏に焼きついた異様な光景。

目を閉じる寸前に見えたのは、カーニバル風の豪奢なマスク越しの視線だった。
二、三十人ほどもいるだろうか。
それらは全て、ステージ上の椅子に無理に座らされようとしている琉生に向いていた。

客席の壁際には、係員らしきタキシード姿の男達が点在している。手を後ろに組んで控える彼らも、琉生の両側に立つ男達も、一様にシンプルな黒いマスクをつけている。

ここにいる者の中で顔を隠していないのはただ一人――自分だけだ。

ここでは、誰もが顔を見られたくない。

見られてはいけない場所なのだ、とわかった。

目を閉じても尚、スーツ越しに不躾な視線が突き刺さるのを感じる。

どうにか逃れたくて身を捩り、琉生は顔を背ける。すぐさま後ろから伸びてきた手に顎を掴まれ、丁寧に、けれど容赦なく、前を向かされた。

「う、ぅ!」

まともに文句を言うことすらできずに呻く。

意識を失っている間に、口にはボールのついた器具のようなものを噛まされていた。それだけでも十分に屈辱的だというのに、手首は背後で拘束され、奇妙な雰囲気の客席に向かって座れと強要されて、顔を隠すことさえ許されない。

視界は先ほどの強いライトの衝撃でまだぼんやりしている。

薄暗い客席には、手元の画面になにか表示されているらしく、客の数だけ蛍にも似たほのかな明かりが見えた。

これからなにが始まるのか——先ほど漏れ聞こえた声が幻聴でなければ、自分は——。

ぞっとするような想像に身震いする。

夕方までのありふれた平和な日常が脳裏に浮かんだ。

本当なら、仕事を終えて部屋に帰って食事をし、少し読書をする。今日もまた、いつもと同じ普通の一日を終えるのだと思っていたのに。

社内にいたはずの浦川《うらかわ》は、無事なのだろうか。

不安を感じるが、さっきまでいた舞台袖にも、この会場内にも彼の姿は見当たらない。

これが夢なら、どうかいますぐに覚めてほしい。

だが瞬きを何度してみても、この悪夢のような現実から目覚めることはできなかった。

『お待たせ致しました。本日、最後の商品です』

奇妙なほど明朗な声が静寂を破り、室内に響く。

ステージ上には二人の男と琉生しかいない。どこか、裏から会場内を見てアナウンスをしているのかもしれない。

『二十七歳、オス。健康状態は良好。身長一七五センチ、体重五七キロ。髪と目の色はダークブラウン、肌は乳白色。ご覧の通りの整った綺麗な顔立ちです。名前は、ルイ。お客様のお好みに合わせて調教していただける、ペットの出品でございます』

ふざけた説明にカッとなる。

(誰が『ペット』だ……!!)

怒りのあまり立ち上がろうとしたが、すぐに肩を強く掴まれて椅子に押し戻された。

「……痛い思いをしなきゃわからないか?」

左の耳に、琉生の肩を押さえつけている男の生温かい囁きが吹き込まれる。

両側に控えているタキシード姿の男達は、逃亡防止のためか琉生の肩から手を離さない。

足は自由でも、これでは立つことすらできない。

逃げようがなかった。

『まずは、商品をよくご覧いただきましょう』

そのセリフが合図だったのか、両側の男が動き出した。

右側の男に背後からぐっと両肩を押さえつけられる。

静かだった客席にざわめきが起こった。

「!?」

正面に回った左側の男が刃物を手にしているのが目に入り、琉生は息を呑んだ。

恐ろしい予感に身を強張らせる。

(……まさか、……殺される……?)

異常なシチュエーションに足が勝手に震え出した。

「……怪我をしたくなかったら動くなよ」

男はマスクをつけた顔を近付け、低い声で琉生に囁く。

目の前にあるのは、ライトを跳ね返す小振りなサバイバルナイフだった。

緩めたネクタイの端を後ろに回され、晒された喉元に切れ味のよさそうな鋼鉄の刃がゆっくりと近付いてくる。

最悪の事態に、琉生は絶望して目を閉じた。

だが、次に感じたのは、首筋への痛みではなかった。

項への圧力と、ジジ……ッという耳障りな音。

予想とは異なる奇妙な解放感に、恐る恐る細目を開ける。

「!」

ナイフが、琉生のワイシャツの前を半ばまで切り開いている。

裾を引っ張り出した男は、残りをなんの躊躇いもなく下まで一気に裂いた。シャツとジャケットを纏めて肩のところまで開かれる。

男が左脇に退くと、琉生の無防備な胸と腹がライトの下に晒された。

あらわになった琉生の肌に、客席からは感嘆のような、ほう、という囁きが漏れた。

『ご覧いただけますでしょうか。白く引き締まった肌に、乳首もくちびると同じ淡いピンク色です。性器の色は、くちびるの色から想像できると言われています。この分だと、恐らく下のほうも――』

司会の声に促されるように、今度は右側にいる男が動いた。彼は客席に背を向けて膝をつく。

マスク越しに見上げてくるまだ若そうな男の視線は、喉から胸へと、琉生の肌を舐めるように下りていく。

欲を伴った視線を向けられ、ぞわりと鳥肌が立った。

男は身を硬くしている琉生のベルトに手をかけた。外そうとする動きにハッとする。慌てて膝を上げ、唯一自由になる足で拒もうとすると、背後の男がナイフを琉生の目の前に翳した。

(刺されるかも……)

無言の脅しが恐ろしくて、足をぎくしゃくと下ろす。

目の前にしゃがんだ男がそのナイフを受け取り、琉生のベルトを外したスラックスのウエスト部分に刃を差し入れた。

「動くな」という囁きが後ろから聞こえる。

それと同時に、ナイフは無残にも琉生のスラックスの前を真下に切り裂き始めた。

（……嫌だ、やめろ！）

ひやりとした感触に身をびくつかせる。

冷たいナイフの背が、微かに下腹部を掠めた。

どくどくと破裂しそうな心臓の鼓動と、徐々に開かれていく狭間に感じる冷気。

ひゅう、と自分の喉がおかしな音を立てる。冷や汗が、こめかみのあたりをひとすじ伝った。

『――ご心配なお客様もいらっしゃるかと思います。勿論、ステージ上での抵抗はパフォーマンスのようなものです。お手元にお連れになるときは、どんなことでもお望みに従う可愛いペットになります。何卒、ご安心を』

慌てたように取り繕う司会のアナウンスが、どこか遠くに聞こえる。

下着ごと前を切り開かれ、覆うもののない琉生の下腹部に、ナイフを置いた男が手を伸ばしてきた。

「っ!!」

身を捩るよりも早く、その手は縮み上がった性器を無造作に掴んで引っ張り出す。

「膝を閉じるな」と耳元で囁くと、男は客席から見えないようにナイフの背で軽く琉生の頬を撫で、視界から姿を消した。

脅しで拘束されて動けない無防備な琉生の姿に、客席からは小さな歓声と、ぱらぱらと拍手までもが聞こえてくる。

頬が熱くなる。信じ難い羞恥に泣きたくなった。

『――やはり、ペニスもくちびると近い、淡く初々しい色をしています。手に入れたあかつきには、ヘアを剃り落とすのもよろしいかと存じます。落札されたお客様のお好みがあるかと思いますので、全てこのままでお譲り致します。ご覧の通りの白く滑らかな肌には、タトゥーやピアス、なんの飾りでもさぞかし映えることでしょう』

会場内の視線が、くったりしたままの自分の性器に集まっているのを感じる。

有り得ない状況に耐え切れず、琉生は赤く染まっているであろう頬を隠すように俯く。

(……なんでおれ、こんな目に遭わなくちゃならないんだろう……)

落ち込んでいる暇もなく、すぐに後ろから伸びてきた手にまた顔を上げさせられた。

前を向いていろ、ということらしい。

悔しさにくちびるを噛み締めようとしても、はめられている器具のせいでそれすら叶わない。

ここではなに一つ、自分の自由にはならないのだ。

ふいに会場内のざわめきが止まる。右の端に座る年配らしき男性の元へ、壁際にいた係員が近寄るのが見えた。

男性に耳打ちされ、膝をついた係員は頷くと、胸元のピンマイクに向かってなにかを伝えている。

「――了解しました」

琉生の左側に立っていた男が、突然返事をした。

男は客席に背を向けると、全開にされている琉生のスラックスからベルトを引き抜いた。

次に首の後ろにぶら下がっていたネクタイを外し、右側の男に渡す。無言で受け取った男の口元は嗤っている。

『お客様のご要望により、今度はペットの啼き声をお聞かせすることに致しましょう』

(――泣き声?)

暴力を想像し、琉生は司会の言葉に眉を顰《ひそ》める。

左側の男が引き抜いた琉生のベルトを手にしたまま囁いた。

「……いい声で啼いてもらおうか」

絶望的な予感に、琉生の背筋を冷や汗が伝った。

＊

小さなノックのあと、同じ大学だった浦川がドアからひょこりと顔を出した。

「先輩、残りの証憑《しょうひょう》類持ってきましたよ」

「あぁ、ありがとう」

向かっていたモニタから顔を上げ、受け取ろうと琉生は立ち上がる。

監査のために用意された、渋沢《しぶさわ》コーポレーション本社ビルの特別執務室は、一人で使うには勿体ないほどの広さだ。

窓際で向かい合った二つのガラステーブルには、それぞれ最新型のノートパソコンが置かれ、大型プラズマテレビと応接セットの向こうにドアがある。天井の高い部屋の角にはミニバーまで設えられていて、都心の高級ホテルのスイートルームレベルの調度品が全て揃っている。ないのはベッドぐらいのものだ。

やたら豪奢なこの部屋に一日中いると、一ＬＤＫの自宅に戻ったとき、琉生は妙な物哀しささえ覚えてしまう。

いままではそれが十分な広さだと思っていたのに。

身のほど知らずの贅沢に慣れてしまわないようにしなくては、と内心で気を引き締めながら、部屋を横切ってドアへと向かった。

「……しかし、すごい量だな」

入ってきたのは、予想を超える膨大な量の書類だった。

浦川が押す台車には、一八〇センチはある彼の躰の胸のあたりまで、みかん箱大の透明なケースが積まれている。中には監査に必要な証明書――つまり領収証やレシートなど――がファイリングされてぎっしりと詰まっているのが見えた。

「実は、これでまだ全部じゃないんです」

浦川は、慎重に台車を押してデスクのそばまで運ぶ。

「あとどのくらいあるんだ？」

ケースを下ろすのに手を貸しながら琉生は聞いた。

「あと……そうですね、だいたいこの三倍かな」

――三倍。

琉生は一瞬固まった。

「すいません」と浦川に謝られ、笑って首を振る。

「な、なに謝ってるんだよ。大丈夫、このくらいは全然想定内だって。さすが大企業は、書類の量も違うよな」

実際には、これは琉生の会計士人生で最も大量の証憑類だ。

しかも、まだ本社の分のみ。

これが終われば、支社や工場などの証憑類のチェックもしなくてはならない。覚悟はしていたものの、上がってきた決算書と照らし合わせるだけでもだいぶ時間がかかりそうだ。

それをわかっているのだろう。浦川は積み終えたケースに手をかけると、安心させるように笑いかけてきた。

「大丈夫ですよ。いま他にも監査のできる人材を当たってみてますし、僕もできることはなんでも手伝いますから」

「うん、ありがとう。本気で困ったら頼むかも」

本当は、よほどのことがない限り浦川に助けを求めるつもりはなかった。

経理部では、いま通常の業務をこなしながら連結決算書の作成をしている。その監査をする予定の琉生より忙しいかもしれない時期なのだ。とてもじゃないが浦川を借りることなどできない。誰か追加の監査員が入ってくれるのを祈るばかりだった。

空の台車を押して戻ろうとする浦川のあとをついていく。

「残りは経理部にあるのか？　おれも一緒に行くよ」

「大丈夫です、それくらい独りで運んできますよ。先輩をできる限りうちの部署に近付かせたくないんで」

「え……おれ、なにかマズいことした？」

浦川が窓口になってくれているので、琉生は経理部には挨拶に一度行ったきりだ。ほんの五分足らずで、それほどの悪印象を与えることをした覚えはない。

言葉が足りなかったことに気付いたのか、浦川は慌てて否定した。

「勿論、先輩に問題があるわけじゃありません。ただなんていうか、その、うちはハイエナみたいな女子だらけなんで……」

琉生は首を傾げた。

初日に挨拶しに行ったとき。経理部にいたのは、ハイエナとはとても思えない、落ち着いた感じの服を身に着けた小綺麗な女性ばかりだった。

整理の行き届いた室内にはほんのりとグリーンのアロマが漂い、広めのデスクは真横に人が来ないよう少しずつずらして設置されている。働きやすそうな部署だと感じた。

皆に笑顔で挨拶を返されて、琉生には好印象しかない。だが、毎日そこに通っている浦川には、恐らくいろいろと気苦労があるのだろう。

昔から、何故だか浦川は女の子に対して手厳しい。長身に優しげな甘い顔立ちで、モテないはずはないのに、不思議なことに彼女がいた気配もない。

(――女性の多い部署で、こいつうまくやれてるのかな……)

心配になったが、彼よりもっと女性に臆病な自分が言うのはお節介というものだろう。

「理系の女性はわりと気が強い人が多いからな。お前も大変だよな」

琉生は労わるつもりで、ぽんぽん、と目の前の広い背中を軽く叩く。

浦川は「ええ、まあ」と誤魔化すように笑った。


そのあと二度往復して、結局浦川は全ての証憑類を運んできてくれた。

更に休憩室に行って、コーヒーとお茶菓子を持ってきてくれる。

「書類は逃げないんで、先輩も冷めないうちにどうぞ」

「あぁ、ありがとう。いつも悪いな」

時計を見ると、まだ時間は十一時前だ。

琉生は早速ファイルケースを開ける。

浦川はどさりと勢いよく白い革張りのソファに腰を下ろし、ふーっと息を吐いた。

「疲れただろ？　やっぱり少しは手伝えばよかったな」

「いえいえ、僕は経理の女子の毒牙から先輩を守れて満足です。口を開けばあいつら、経理部の飲み会に先輩を呼べだの、やれ合コンだのって、もううるさくて」

冗談を言って笑う浦川は、どうやらすっかりここで休憩していくつもりのようだ。

確かにせっかくのコーヒーが温くなるのは勿体ない。

いますぐにも仕事に取りかかろうとしていた琉生は、のん気な浦川の様子に苦笑してフアイルケースをいったん閉じることにした。

『――被害金額は、増加の一途を辿るばかりで、依然犯人グループの行方は掴めないままです。捜査当局のプロファイリングでは――』

流れ出した音声に顔を向ける。

浦川が点けたチャンネルは午前のニュース番組だ。五〇インチはありそうな薄型の大画面には、最近連続して起こっている高額な絵画盗難事件の特集が映し出されている。

美術展用に欧州から日本に貸し出されている最中に起こったある作品の盗難事件では、一時国際問題に発展しかねない様相にまで陥り、警備員に怪我人も出ているのに未だに犯人は見つかっていない。

犯行の様子からどうやら全てが同一グループによるものらしく、被害総額はいまや地方銀行が一つ買えるほどの値段にまで膨れ上がっている。日々カツカツの暮らしを送る庶民には考え難い犯罪だった。

琉生が画面に視線を奪われていると、ぷつりとニュースが途切れた。

瞬きをしてみても、やはりテレビの画面は真っ黒になっている。

「先輩、ほら、コーヒー冷めちゃいますって」

「おいこら。勝手に点けて勝手に消すなよ」

自分のほうへ注意を促すために、浦川がテレビを消したらしい。学生の頃と変わらないマイペースな様子に、琉生はもう笑うしかない。

特別テレビが観たいわけではなかったが、一応文句を言いながら、琉生は浦川の座るソファの向かいに腰を下ろす。

コーヒーにクリームを入れ、かき混ぜようとして気付いた。

カップはプラスチックの業務用だが、香りはインスタントではない。添えられているのは使い切りのミルクではなく、ちゃんとした生クリームの入った、小さなミルクピッチャーだ。

差し入れられるお茶菓子は毎回名の知れた店のもので、端々にこの会社が潤っていることが窺える。

浦川が琉生との食事代をいつも負担しようとしたのにも、人件費の項目を見て納得した。この会社は、社員の給料も同業他社に比べ、二割増しくらいに設定されているのだ。

(――働く会社でこんなにも違うものなんだなあ……)

筆記用具まで自腹の零細企業だった前社を思い出して、琉生は溜息をついた。

ふと思い立って、のん気にコーヒーを飲んでいる浦川に問いかける。

「なあ、ずっと気になってたんだけど。お前、一日に二回もここでおれとお茶なんかしてて、仕事のほうは大丈夫なのか?」

「うん、優秀な部下が頑張ってくれてるので。前期に昇進してから、僕の仕事はだいぶ楽になったんですよね。決算のときも、今年は終電までの残業は数日しかなかったし」

浦川は大学を卒業したあと、この渋沢コーポレーションに入社してすぐ本社に配属された。今年で五年目のそろそろ中堅社員だ。

昨年昇進したというメールをもらい、おめでとうと返したものの、そういえばきちんとお祝いをした覚えがなかった。

「そうだ、お前主任になったんだよな。同期では一番早い出世なんじゃないのか？」

「別部署で同い年の奴もいますけど、うちの部内ではラッキーなことに僕が最初でした」

「すごいじゃないか！　なにかお祝いしなくちゃな」

「そんなのいいんですよ。先輩が来てくれたおかげで、僕達のほうがすごく助かってるんですから」

照れたように言う浦川と琉生は、大学の同級生だ。

たまたま何度か隣の席になり、ノートを貸してほしいと頼まれたのがきっかけだが、付き合いはもう十年近くにもなる。

同級生の琉生を何故だか『先輩』と呼び、いつの間にか彼はすっかり懐いてしまった。卒業後も、たった一度貸したノートのお礼を延々し続けているかのように、やたらと琉生を気にかけ、世話を焼いてくれる。

先輩と呼んでくる浦川のほうが、ぼんやりな琉生よりよほど先輩らしい。

しばらく音沙汰のなかった浦川から突然連絡が来たのは、十日ほど前のことだった。

ちょうど三か月前、琉生が勤めていた小さな建築会社が不況の煽りを食らって倒産した。

新卒で内部監査社員として入社した大手生保は経営破綻。

二社目に入った最大手の監査法人は、政治家からの賄賂が明るみに出て業務縮小。

そして、三社目までも――。

入る会社全てがそんな風で、社会人経験五年目にして、なんと三度目の無職。

(――もしかして自分には、運というものが全くないんじゃないだろうか?)

景気がどうこうという言い訳もできたが、あまりのことに琉生はすっかり落ち込んでしまった。転職先を探さねばならなかったが、就職活動には多少強く打たれてもへこたれないだけのやる気と自信が必須だ。だがどちらもが、そのときの琉生の中には欠片すら見当たらなかった。

久し振りに電話をかけてきた浦川は、大学時代の恩師から琉生の話を耳にしたらしかった。

琉生からも事情を聞くと、たまたま運が悪かっただけだと彼は一生懸命に慰めてくれた。

そうして、しばらく雑談をしたあと、『よかったら、僕のいる会社に来ませんか?』と誘ってくれたのだった。

とりあえずは決算期のみ。監査要員の契約社員としてだが、将来的には財務経理部で正社員への道も十分に有り得る、という好条件。

テレビをあまり見ない琉生でも知っている、超有名な一部上場企業への誘い。

どん底の自分を気にかけてくれる人がいるというだけでも、琉生は随分と力付けられた。

――なのに、仕事まで。

渡りに船とはこのことを言うのかと、そのとき琉生は思った。


「単体試算表はもう完成してたから、これから内部監査員に仕事を始めてもらうっていう矢先の入院だったんで……会社も本当に困ってたんですよ。どこの監査法人も年間の予定を立てて動いているから、今更頼むのも難しくて。そのとき、先輩が仕事探してたってこと思い出したんです」

全く恩着せがましさを感じさせない笑みを浮かべ、浦川は言う。

「先輩ならと思って、実は電話かける前にもう人事にかけ合ってあったんです。先輩からOKもらえたあとはすぐに話が進んで、人事にも感謝されたくらいですよ」

「おれのほうこそ、お前には本当に感謝してるよ。ありがとな。こんないい会社紹介してもらって……たまには恩返ししなくちゃって思ってるんだけど」

いえいえ、と浦川は照れたように笑っている。

実は単に職を得られたという以外の理由もあり、琉生はこの会社に入れたことが嬉しかった。浦川には、なんとなく恥ずかしくてまだ言っていない。

「昇進のお祝いと、あとお礼も兼ねてさ。どこか美味しい店でもあれば、今度おごらせてくれよ。おれあんまりいいところ知らないから、お前が行きたい店があったら」

琉生がそう言い出すと、自分で持ってきたお菓子を頬張っていた浦川はぴたりと動きを止めた。

「え、……せ、先輩が、おごってくれるんですか？」

「そんなに驚くことか？　お前には世話になりっぱなしだしさ。決算発表が終わったら、お互いゆっくり時間取れるだろ。あ、でも、めちゃくちゃ高い店は勘弁な？」

琉生は冗談ぽく笑って言った。

お礼の話をしただけなのに、何故か浦川は言葉をなくしたようにじっと見つめてくる。

昔から彼は、時折こんな目で琉生を見る。

なにか言いたげな、もどかしそうな色の視線だ。

琉生がそれを問う前に、浦川はすっと目を伏せた。

はっきりした性格の彼には珍しく、自分の手元のあたりで視線を彷徨わせている。

（――もしかして浦川が行きたいのは、相当高級な店なのだろうか。まさか、女性が接待してくれるようなクラブとか？）

そういった店に琉生は全く興味がない。だが、これだけ世話になっている浦川の希望であれば、どこにでも付き合うつもりはあった。

しかし、幾らぐらいするものだろうか。そこらの居酒屋やちょっとしたバーとは支払いの桁が違うのだろう。

（家賃より高くないといいな……）

そんな風に琉生が考えを巡らせていると、浦川が顔を上げた。

「あの……僕、実は行ってみたい店があるんですよね。そんなに高くないんですけど、雰囲気のいいところで……もし、先輩が一緒に行ってくれるなら」

ほっとして、勿論いいよ、と琉生が言おうとしたとき。

コンコン、と軽くドアがノックされた。

「はい」と琉生は立ち上がる。

開いたドアからひょこっと顔を出したのは、意外過ぎる人物だった。

彼の姿を見て浦川も慌てて立ち上がる。

「あ、失礼。休憩中だった？　もし区切りがよかったら、僕これからランチに出るけど、琉生も一緒にどうかと思って」

琉生を見ながら言う貴秋《たかあき》に、琉生も浦川も一瞬固まった。

「じゃ、じゃあ僕は経理部に戻りますので」

すぐに我に返った浦川と三人で部屋を出る。

別れ際の彼の顔には、『いつ社長と知り合いになったんですか？』という琉生への疑問がありありと浮かんでいた。

当然だ。浦川には面接時の出来事をなにも話していない。

だが、琉生にだって実際、よくわからないのだ。

社長である貴秋が、何故自分を気に入ったのかなんて。


――渋沢貴秋。

琉生の斜め前でメニューを見ている彼は、二十代半ばのこの若さで、日本で十指に入る渋沢グループ本社の代表取締役社長に昨年就任した。

世襲の三代目で、言わば生粋の御曹司である。

ありとあらゆる商品を扱う渋沢コーポレーションは、戦後、財閥から形態を変えて生き残った総合商社だ。

貴秋の祖父である夏彦《なつひこ》がバブル期を乗り越えた際の会社の変化は、いまも伝説のように語り継がれている。

夏彦の指揮で、グループは商機の薄い業態を潔く切り捨て、売れるもの、先の時代に必要とされるものへと素早く商品を変えていった。

同業他社が次々と潰れていく中、渋沢だけはグループ全体で常に黒字を計上し続けた。

その見事な経営手腕は後に書籍化され、ビジネス書では異例のベストセラーになった。

夏彦の手記を元にして起業家向けのスクールを設立し、それだけでビジネスとして成り立つほど人気を博している。

〈ＳＨＩＢＵＳＡＷＡ〉の名は〈ＴＯＹＯＴＡ〉などの日本企業と並んで、いまや欧米諸国にまで響き渡っているのだ。

あらゆる業態と関わりを持つ渋沢の業績が、日本経済の一部を動かしているといっても過言ではない。グループの浮沈で、日経平均株価が目に見えて動くのだから。

その本社のトップと、いま琉生は何故かランチを共にしている。

植え込みに囲まれたテラス席は、昼の時間には早いからかまだ客の姿はまばらだ。

貴秋に連れられて来たのは、渋沢本社ビルの隣の一階に、最近オープンしたばかりの小さなビストロだった。

春の日差しを深いブラウンのオーニングテントが遮り、爽やかな風がグラスに差された淡いピンクのバラの花びらを微かに揺らす。

「なんにするか、もう決めた？」

そう聞かれて、琉生はメニューからハッと顔を上げた。

「あ、はい。えっと、僕はこの、Ａランチの『春野菜とサーモンのキッシュ』にしようと思います」

「あぁそれ。この間食べたけど、すごくおいしかったよ。サーモンが甘くて自家製のマスタードソースが絶妙なんだ」

『キッシュの美味しい店だよ』と言われて連れてこられたからには、まずはオススメを注文するべきだろう。

そんな琉生のささやかなマナーに則った選択に、気付いているのかいないのか。

答えを聞いた貴秋は、屈託のない表情で笑った。

ドリンクとランチの注文をそれぞれ済ませる。

貴秋はレモンと氷入りの水を飲みながら、店の向こうの道を飼い主と散歩するゴールデンレトリバーを目で追っている。

（犬が好きなのかな……？）

尻尾をふりふり歩くご機嫌な大型犬は可愛いが、それを見ている貴秋のほうに琉生は視線を奪われていた。

さっきから、二つ離れたテーブルの女性客達も、こちらのテーブルを見ている。

社内を出るまでも、貴秋に連れられて歩くと、とにかく人目を引いた。

(——ほんと、めちゃめちゃかっこいいよな……)

じろじろ見るのは失礼だとわかっているのに、つい貴秋に目がいってしまう。

目の前に座っている昼の光を受けた貴秋は、目の色も髪の色も、外国人のようにブラウンがかっている。少しだけウェーブのかかった髪と、常に笑みを絶やさない表情から与えられる印象は、決して女性的ではないのにどこか柔らかい。

彫りが深く、まるで聖堂に置かれた青年の天使像みたいに高貴な印象を覚える。

近くで見ていると本当に彼は整った顔立ちをしていることがわかって、琉生は唐突に少し緊張した。

就任以来、貴秋は『超イケメンな完璧王子』として、時折テレビや雑誌に取り上げられている。

関東随一の国立大学である帝都大経済学部を一年で休学し、ハーバードを飛び級して二年で卒業。そのあと、ハーバード大学院に進んでMBAを取得した。その年に、父の訃報を受けて帰国するなり、取締役会の全会一致によりそのまま社長に就任。

見事過ぎる経歴と外見とは裏腹に、初めは跡取り息子のボンボン社長として、社内でも彼は相当なめられていたらしい。

だが堪能な語学力を活かし、就任直後から、彼は海外の新たな取引先との有利な契約をいくつも決めてきた。本社の業績は目に見えて上がり、世襲とはいえ、彼がその地位に相応しい器であるとすぐに誰もが納得することになった。

社外での人気は、会社のホームページに載った就任挨拶の写真から火が点いたようだ。

先日は頼まれて子会社の菓子のＣＭに無料で出演し、数千万の経費削減に貢献した上、その商品はなんと一五〇パーセント増の売り上げを記録したらしい。

琉生の知る情報は、その殆どが社員食堂で耳にした女子社員の会話からのものだ。熱中して社長のことを話していた彼女達は、恐らく彼のファンなのだろう。

無作法に隠れ見てしまう女性客の気持ちも、わからないでもない。

琉生自身も浦川に仕事を紹介されたときには、あの『渋沢貴秋』を見られるかもと、少し嬉しかったくらいだ。先々代からの社訓で新入社員は必ず社長との二次面接を行うことになっていると聞いて、まさか直接会えるなんてと、面接当日の琉生は朝から緊張してどきどきしっぱなしだった。

こうして間近に見ているいまですら――

「どうしたの？」

犬は行ってしまったのか、気付けば肘をついた貴秋の端正な顔が琉生を覗き込んでいた。

（――な、なにか、話さなきゃ……！）

緊張して口籠もる琉生を、微笑を浮かべた貴秋は面白そうに見つめている。

（——馬鹿、こんなときに赤くなるな、おれの頬！）

どうにか平静を保とうとしたが、勝手に頬は熱くなっていく。

赤面を誤魔化したくて、琉生は無理に口を開いた。

「いえ、その……まさか、本当に、貴秋さんから誘っていただけるとは思わなくて」

「え、冗談だと思ってた？　僕は誘う気もないのに社交辞令なんか言わないよ」

確かに。

先日の社長との顔合わせの最後に『今度、よかったらランチでも』と貴秋は琉生の耳元でそっと囁いた。

けれど、それが本気の誘いだとは、琉生は予想もしていなかった。

「最近は取引先とのビジネスランチが多くてさ。契約は食べながらのほうが気が緩んでスムーズに進むからいいんだけど、仕事の話をしてると、せっかく美味しい物を食べても全然食べた気がしないんだよね」

高い経費なのにね、と彼は小さな溜息をつく。

都内の中心部という場所柄、この店も一般的な店より価格帯は高めだ。だが、ランチは比較的リーズナブルな値段で琉生はほっとしていた。

ウェイトレスがやってきて、注文したアイスコーヒーを琉生の前に、アイスティーを貴秋の前に置く。ストローが揺れ、カランと涼しげな音を立てて氷が踊った。

「面接のときは、まさか会社で大学時代の話ができるとは思わなかったよ。……しかも、伝説の兵頭《ひょうどう》教授のゼミを断った仲間がいたなんてね」

　耐え切れないというようにぷくく…っと貴秋が笑う。

「だって……教授のほうから入れるゼミ生を選んで回るなんて、聞いたことないですよ」

　懐かしい話をされて琉生も頬を緩ませる。

「まあね。それでも経済学部イチの就職率を誇るゼミだから、普通は声をかけられたら光栄だって思うものみたいなんだよ。でも僕には、コネを持ってるだけの面食いのタヌキ親父にしか見えなかったから断ったけど」

「た、タヌキ親父……」

　あまりにも絶妙な貴秋のたとえに、琉生は教授の腹を思い出す。

（似てる……！）

　必死に噴き出しそうになるのを堪えた。

　面接時に経歴を見て、貴秋は琉生が自分と同じ帝都大で、しかも同学部の卒業生だと気付いたらしい。

　兵頭教授は、自分好みの美貌の一年生を集め、気に入ると夜の個室に呼び出しては〈個人授業〉をするともっぱらの噂だった。

　その悪評は、琉生の二年後輩の貴秋の代まで響き渡っていたらしい。

「この間は面接だったし、あとに会議が入ってて時間があんまり取れなかったから、もっと琉生と話してみたいなと思ってたんだ」

「あ、はい、僕も、……その、光栄です。ありがとうございます」

貴秋の親しみを込めた言葉にどきっとして、琉生は慌てて礼を言った。

こんなにも彼が気さくな性格だとは知らなかった。

『社長って呼ばれるのは堅苦しいから、下の名前で呼んでくれる?』と言われて戸惑ったものの、確かにこれは同窓会みたいなもので、ある意味仕事とは関係がない。昼休みにまで社長呼ばわりで諂《へつら》われては彼も疲れてしまうのだろう。

琉生より二歳年下でありながら、既に社長という頂点の地位にいる彼からは、妙な驕りや背伸びが一切感じられない。会社では男女共に人気があり、隠れてファンクラブがあるというのも頷けるものがある。

(——でも、なんでおれなんかを誘ってくれたんだろ……)

同じ大学を卒業しただけの琉生を、わざわざ食事に誘ってくれた真意がわからない。

勿論嬉しかったが、琉生は入社したてのただの契約社員だ。

人気女優との噂まである彼なら、食事を共にする相手として綺麗な女性達がいくらでもいるだろうに。

貴秋オススメの絶品のキッシュを堪能して、食後のサービスできたエスプレッソを味わう。

話し上手な彼が振ってくれる大学時代の共通の思い出話に笑い、楽しい時間を過ごした。

「ね、琉生はあいつと僕とどっちが好み？」

「え？」

貴秋に促されてカウンター席に視線をやる。

そこには、黒っぽいスーツを身に着けた飛び抜けて長身の男がいて、一人でコーヒーを飲んでいた。

短髪を立てた髪形と、室内でもかけているサングラス。張り詰めた硬質な空気を身に纏っているからなのか、どことなく堅気の人間ではないような印象を受ける。

彼のことは、面接のときにちょうど社長室のドアのところで擦れ違ったから覚えている。

今日も、ふと気付くと同じ店にいた。

服装と行動から、恐らく貴秋のボディガードなのだろうな、と琉生は勝手に思っていた。

（――こっちを見てる――？）

貴秋と同席している琉生の視線が、自分のほうを向いていることに気付いたのか。何気ない素振りで彼は視線を逸らした。

だが、彼が貴秋ではなく琉生を見ていたことは、勘違いなどではないように思えた。

「サングラスをかけてるからわからないかもしれないけどさ。どっちが好きなタイプ？」

――そう言われても。

片やボディガード。片や雇い主。しかも、地位は社長だ。

これで貴秋を選ばないでいられる社会人がいたら、お目にかかりたい。

だが、まるでおべっかみたいで、「モチロン社長ですとも！」とストレートには言い辛かった。

（――冗談なんだろうから、冗談ぽく返せばいいのかな？　でも……）

どう言ったら失礼に当たらないのだろう。

答えを待っているのか、貴秋は琉生を見つめたまま、悪戯っぽく笑っている。

ぐるぐると悩む。口下手な自分が悔しい。こんなとき浦川なら、貴秋が一番喜ぶ上に、場を和らげるような面白い答えをするりと出せるに違いないのに。

悩み過ぎてうまく息が継げない。段々と琉生は酸欠気味になってきた。

「あれ？　なんか、顔が赤いよ？　この店暑い？　大丈夫？」

心配そうな貴秋が琉生の額に手を添えてくる。大きくて、しなやかな冷たい手。

どくっと胸が強く脈打った。

親密過ぎる仕草に、混雑し始めた店内の視線が、一瞬こちらに集まったような気がした。

琉生はとっさに身を引き、貴秋の手が触れた額を自分の手で押さえた。

「あっ、あの、大丈夫ですから！」

琉生の頬は、誤魔化しようもなく、きっとおかしいくらい真っ赤になっている。

若い女の子なら可憐に見えるかもしれないが、二十代後半の男がこんな反応をしてもただ気持ちが悪いだけだ。

（あぁ、おれの馬鹿野郎……）

ちょっと触られただけで赤くなった琉生の反応で、答えなど聞かずともわかったのだろう。

貴秋は機嫌よく、「うん、熱はないみたいだね」とにっこり笑う。

彼は人目など全く気にならない様子で、終始リラックスしている。誰に対してもこうして人懐っこいタイプなのかもしれない。

琉生の目の端に、カウンターにいた黒服の男が、慌ただしく立ち上がって店の外へと出て行くのが映る。

貴秋が出る前に外を確認しに行くのだろうか。だとしたら要人並みの警護である。仕事熱心なことだ。

エスプレッソを飲み終えると、琉生と貴秋も店をあとにした。

貴秋との束の間の夢みたいな昼食を終え、琉生は特別執務室へと戻った。

少し早めに昼休みを取った分、すぐに仕事を再開するべくファイルケースを開く。

すると待ち構えていたかのようなタイミングで、ノックもなしに浦川が入ってきた。

「さっきは本当にびっくりしましたよ。先輩、いつ社長とあんなに親しくなったんですか？」

浦川に問い詰めるような口調で聞かれて、琉生は面食らう。

彼は珍しく険しい表情を浮かべている。

だが浦川の驚きも当然だ。入社して一週間の新人が、社長から個人的にランチに誘われるなんて普通は有り得ないことだろう。

「別に、親しいわけじゃないんだよ。ただ、面接のときに少し話したら、たまたま社長と大学の学部まで一緒だったってわかってさ。社会に出るとみんなばらばらになって、なかなか学生時代の話ができる機会がないから、多分懐かしかったんじゃないのかな」

琉生は浦川を宥めようと、淡々と説明した。

「それだけなんですか？」

「それだけ、って？」

「社長は先輩のこと、『琉生』って……呼び捨てにしてましたよね」

あぁ、と琉生は苦笑する。

「面接のときに、『篠田は母親の旧姓と同じだから呼び辛い。問題なければ下の名前で呼んでも構わない？』って聞かれたから」

「そうですか……」

浦川は、それでもどこか納得のいかないような顔をして腕を組んでいる。

（――浦川も、社長との昼食に誘えばよかったかな……）

さっきは誘われたことに驚いていたので、そこまで頭が回らなかった。自分だけついていってしまって気が利かなかったかもしれない。ここの仕事を紹介してくれたのは浦川なのに。

「なあ、明後日の夜って、お前予定あるか？」

思い立って琉生は聞いた。

浦川は怪訝そうな顔をして「土曜ですね。何故ですか？」と問い返してくる。

「社長からまた食事に行こうって言われてるんだ。よかったらお前も一緒に行かないか？」

「いや、それは……社長は、先輩だけを誘っているんですから」

「貴秋さんはすごくフレンドリーな人だからきっと大丈夫だよ。三人共同じ大学で同じ学部だったから共通の話題もあるだろ？　それにお前はおれよりずっと話し上手で人当たりもいいし、貴秋さんとも気が合うんじゃないかな」

浦川は顔を顰《しか》めてぎこちなく笑うと、ゆっくりと首を振った。

「食事は、お二人でしてきてください」

「でも」

「……去年までは、監査は経理部の隣の普通の会議室でやってたんです。なのになんで今年は、こんな豪華なＶＩＰ用の部屋使わせてくれるのか、不思議だったけど……」

ぼそぼそと言う浦川の言葉がよく聞き取れない。

「……そういうことだったんですね」

「え？」

「そういえば僕、やらなきゃならない仕事があったんだ」

なにを言ったのか、琉生が聞き返そうとする前に、「邪魔してすみませんでした」と、彼は部屋から出て行ってしまった。


翌日も琉生は特別執務室で監査を続けていた。

証明書類を確認するために立ち上がる。

ふと時計を見ると、二本の針はほぼ真上を向いている。もうすぐ昼休みだ。

（――あれ？）

そういえば、今日は浦川がまだ来ていない。

いつもは午前中に一度、そして午後には一、二度。暇をみてはコーヒーを持って必ず顔を出しているのに。

来られないくらい忙しいか、それとも、もしかして今日は休みを取っているのだろうか。

珍しいな、と思いながらランチを取り、昼の休憩が終わるとまた仕事に戻る。

集中して作業をし、夕方には単体試算表の監査までを終えた。

週明けには連結清算表が経理部から上がってくる。どうにか予定通り仕事が進んでいることに琉生はほっとした。

(金曜だし、たまには定時で帰ろうか)

もうすぐ定時という時間になっても浦川は姿を見せない。今日は昼をコンビニ弁当で済ませてしまったので、一人暮らしの琉生が会話をした相手といえば、受付嬢との挨拶ぐらいのものだ。あとの予定は家に帰って読みかけの本を読むだけという寂しいものなので、このままだと今日は誰ともまともな会話をしないまま終わりそうだった。

(帰り際に経理部に寄ってみようかな……)

浦川が出社しているなら、挨拶だけでもしたい。人恋しいわけではないが、なんとなく、昨日部屋を出て行ったときの彼の様子が琉生は気になっていた。

考え事をしながら少し席を外し、戻ってきてハッとする。

デスクには、いつの間にか湯気の立つコーヒーが置かれていた。

五分足らずしか部屋を空けてはいないが、その間に浦川が来たのだろうか？　顔を見せることもできないくらい忙しいなら、こんな気を使ってくれなくてもいいのに。

どこか腑に落ちないものを感じながら、クリームを入れ、少し温めのコーヒーに口をつける。

煮詰まっているのか、いつもと違って妙に濃い。ドリップしたものではなく、ファミレスのドリンクバーのコーヒーのような味がする。

だがいままでずっと、常に淹れ立てを持ってきてくれていたことのほうが贅沢だったのだろう。

文句を言う気もなく、苦味の強いコーヒーを半分ほど飲む。

データをチェックしてからパソコンの電源を落とす。デスク周りを片付け、それからもう一度、カップに手を伸ばした。

「あ」

持ち上げた手からカップが滑った。焦げ茶の液体を零しながら床に落ちていく。

どうにか止めようとした躰が揺らぎ、何故か視界がぐるりと回る。ゆっくりと、スローモーションみたいにカップを追いながら琉生は堕ちていく。

躰が床に触れるときには、既に痛みや衝撃を感じないまでに、琉生の意識は自らの手を離れていた。

＊

会場内は異様な熱気に満ちていた。

特別執務室で意識が途切れてから、目覚めると後ろ手に縛られ、抵抗する間もなく琉生はステージに連れ出されていた。

人間を売買する――勿論、どう考えても非合法の闇オークションだ。

ここがどこなのか、何故自分がこんな目に遭わなければならないのか。

なにもわからないまま、琉生が『商品』として、この恐ろしい競りの舞台に上げられてから、まだ十分と経っていないはずだ。

けれど既に、もう何時間ものときが経過したような気がしていた。

『ペットの啼き声をお聞かせしましょう』

目覚めたときから、琉生の口にはボール状のものがはめられていた。おかげでまともな言葉を発することはかなわず、動物みたいに呻く程度しかできない。

司会のその言葉を合図に、タキシード姿の男は琉生の革靴を脱がせた。

続いてスラックスのウエストに手をかけられ、ぎょっとする。

「脱がすぞ」

正面の男が右側の男に囁く。腋に手を入れて琉生の躰は持ち上げられ、一気にスラックスを引っこ抜かれた。

黒い靴下のみとなった琉生の白い下肢に歓声が上がる。

驚愕する琉生の両足をそれぞれ持ち上げ、男達は左右に思い切り広げた。

「――っ⁉」

あまりの屈辱的な体勢に、やめさせようと必死にもがく。これでは客席から、性器どころか後ろの穴まで、なにもかもが丸見えだ。

だが抵抗は無駄に終わり、あっという間に右膝は右腕にネクタイで縛りつけられ、左もまたベルトで同じように固定されてしまう。

両手は後ろで拘束されたままで、逃げるどころの話ではない。

『真っ白な尻と、その奥の小さく締まった後孔が見えますでしょうか。……おや、顔が赤くなっていますね。これは、演技ではありません。このペットは実は新品です。落札された方が初めての飼い主となります。ご存知の通り、ペットが出品されることはなかなかありません。この機会を逃せば、彼が再びオークションに出回ることはまずないでしょう』

勝手に服を奪われた上、商品扱いされ、憤りと恥ずかしさに琉生の頬は更に熱くなる。

ぐらつきそうになった肩を、再び後ろに回った男が掴んで支えた。

だがそれは、全く親切な行為などではない。むしろ椅子から転がり落ちてしまえば、多少痛い思いはしてもこの視線から逃れられるのに。

酷い形で開脚させられ、それぞれの腕に縛りつけられた両足は完全に浮いている。

いまや琉生は尻と背だけで躰を支えている。客席の視線がどこに集中しているのかは考えたくもない。

若い女性というならともかく、男で、しかも二十代後半の自分をこんな風に衆目の前で辱しめて、いったいなにが楽しいというのだろうか。

いつの間にか、左側にはもう一人の男が立っている。

手にはラテックスの手袋がはめられ、ヘアスプレーほどの大きさの金色のボトルを持っているのが見えた。

「――さあ、ショータイムだ」

侮蔑を含んだ声で囁かれて、ぞっとする。

萎えた琉生のペニスに、たっぷりとジェルのような透明な液体が垂らされる。

「ふぁっ」

妙な感触に声が漏れる。客席からは笑い声が上がった。

手袋越しの男の手が、萎えたままのペニスから柔らかい睾丸まで、余すところなくそれを塗りつけていく。

敏感な場所に触れられるくすぐったさに身を捩った。

（……絶対に、ぜったいに、声なんか上げるもんか……）

どうやったってこの体勢からは逃げようもないが、司会と客の期待する『泣き声』を上げなければ、せめて落札はされずに済むかもしれない。

だが、そんな琉生の考えを嘲笑うかのように、ねちねちと音を立てて琉生のペニスを弄り出した男の手は、異常に卑猥だった。

男は、濡れ切ったペニスの根元から先端までを、輪を作った指で幾度も擦り上げてくる。感じやすい裏筋や、先端の膨らみ、敏感な部分を微妙に刺激しながら扱かれると、すぐに驚くほど下腹部のあたりが熱くなった。

(……なんかヘンだ、これ……)

恐る恐る視線を下ろせば、淫らに濡れた琉生のペニスは、既に真上を向いて震えている。ここのところ残業続きでしばらく抜いてすらいない。それを考えてもおかしいくらいの熱が溜まっている。

どうやら、先ほどのジェルはただの潤滑剤ではなかったようだ。少し擦るだけでも異常な性感がわき上がってくる。使われる側にとっては、迷惑極まりない代物だ。

絶望する琉生のそこを、男は熱心に弄り続ける。

必死に声を出さないように、琉生ははあはあと荒い息を口から逃がした。

(ダメだ、こんな……人前で、イくなんて、……絶対に嫌だ……!)

素直に解放を求める躰とは裏腹に、心は全力でそれを拒んでいる。

いつの間にか、客席はしんと静まり返っている。

耳に届くのは、琉生自身の呼吸とジェルを捏ねる水音だけ。

観客は身動きもせず、固唾を呑んでステージの様子を凝視しているのだ。

そのことに気付けば、焼けるような羞恥に更に躰は熱くなる。逃げられない躰を縮めて、必死に琉生は客席から視線を逸らした。

そんな琉生の勃ち切って震えるペニスの先端の孔を、男は親指でぐりぐりと強く刺激してくる。

「う……ふあ、あっ」

自分でするときとは全く違う。敏感な場所に与えられる、容赦のない痛みを伴うほどの快感に身悶えする。

先端への刺激と同時に、幾度も繰り返し、根元から射精を促すような動きで強く扱き立てられる。

一気に限界は来た。

(あぁ、もう、出る……!)

頭の中が真っ白になる。無意識に顔を背けた琉生の顎を、背後の男が掴んで前へ向けた。

「くぅ、……ん、うぅーッ!」

結局、五分と持たず。

ほんの数回擦り上げられただけで、琉生は呆気なく男の手に吐き出してしまった。

しかも無理やり顔を前に向かされ、たくさんのマスク越しの視線に、射精の瞬間の表情まで視姦されながら。

客席はこのショーに大喜びのようで、琉生が達すると、わぁっと一気に嘲笑とからかいの拍手がわき起こった。

(……消えてなくなりたい……)

ステージの上で、まさか射精を強要されるなんて。

全身を真っ赤に染めて、ぐったりとしたまま琉生は背後の男に肩を支えられる。

ようやく、膝と腕を縛っていたネクタイとベルトが外された。足が自由になって下ろされると、それだけでもだいぶ楽になり、ホッと息を吐く。

もう一度、男が琉生の前に膝をつく。軽くペニスを拭き取ると、何故かまたそこにジェルを垂らし始めた。

(まだされるんだろうか？　……もう嫌だ……)

悪い予感通り、イったあとの柔らかくなった敏感なペニスを再び弄られる。琉生は泣きたくなった。

熱感のあるジェルを使って、ぐちゅぐちゅと半ば機械的な刺激を与えられる。さっき出したばかりだというのに、それだけでまた簡単にペニスは上を向いてしまう。

完全に勃たせてしまうと、男は琉生から離れて後ろへと下がった。

呼吸と共にふるりと揺れる無防備なペニスが客の目に晒される。

『――可愛い声をお楽しみいただけましたでしょうか？　感度も良く、申し分のないペットです。さあ、これ以上の使い心地は、落札されたお客様、ご自身の手でご確認くださいませ』

アナウンスが流れると、ふいに会場内がざわめく。

さっきまで消えていた客達の手元のライトがいくつも点き始めた。

『――それでは、ご準備はよろしいでしょうか？　お待ちかねの、ご入札を開始致しましょう。――まずは、五百から』

その言葉と共に、会場内はしんと静かになった。

（……誰も、入札しないでくれ……）

額には冷や汗が滲み、こめかみを緩く伝っていく。爪先と手は冷たく、頭と下腹部だけが異常にどくどくと脈打っていて熱い。

『――二千、……三千、……五千、六千、……六千五百』

司会の告げる値段は、冗談のようにどんどんつり上がっていく。

家を買えるようなその数字が金額であり、それが信じ難いことに、琉生自身を競り落とすための入札額なのだ。

しかも、これは健全な売買ではない。

脱がされ、射精までさせられたオークションの味見の経緯を考えれば、どう考えても性的な意味合いをもっての——つまり、性奴隷としてのペットなのだ。

現代の日本で、こんなことが許されていいはずがない。

(……誰か、……誰か、助けてくれ……せめて、いなくなったことに気付いて、通報だけでもしてくれれば……)

そんな琉生の切実な願いを嘲笑うかのように、マスク姿の客達は、手元の画面らしきものを弄り続ける。彼らはその画面から入札を行っているらしい。

それが見えない琉生は、司会の声で状況を知るしかなかった。

『七千、八千、八千五百……八千五百で、よろしいでしょうか?』

会場内にざわめきが起きる。目の前が真っ暗になるのを感じた。

『それでは、八千五百で——』

司会の声が競りを締めようとした、そのとき。

「——一億」

それを遮るかの如く凛然とした声がホールに響いた。

会場からどよめきがわき起こる。

客席の一番後ろあたりからその声は聞こえてきた。

（いまの声……）

その声に、琉生は聞き覚えがあった。

『一億、――一億が出ました。よろしいでしょうか？　――それでは、三十一番様、一億円で、本日最後の商品、落札でございます』

無情にも、小槌を打つ音が鳴り響く。

すぐさまステージのカーテンが閉まり始める。

男達に腕を取られ、呆然としたまま琉生は立たされた。

閉められていくカーテンの間からは、客達がそれぞれに席を立つ様子がぼんやりと見える。

ざわつく客席の最後部で立ち上がった若い男の姿が、琉生の目に映る。

やはり、と思ってハッとした。

彼もまた他の客と同じように、カーニバル風のマスクをしてはいる。

だが、琉生がほのかな憧れを持っていた、彼の姿を見間違うはずがなかった。

（――なんてことだ……）

琉生を落札した男。

それは、――渋沢コーポレーション、代表取締役社長。

信じ難いことに、渋沢貴秋、その人だとしか思えなかった。

＊

貴秋のネクタイピンに仕込んだ、超小型のマイクロカメラは高性能だった。

渋る貴秋から社長室を借りた悠人《はると》は、始めから画面を通して、本社の地下三階で秘密裏に行われているオークションの様子をリアルタイムで見ていた。

一九〇センチ近い体躯をスリムなブラックスーツに包んだ彼は、貴秋愛用の座り心地のいいビジネスチェアに深く腰掛けて肘をつき、ノートパソコンの画面をじっと睨んでいる。

荒削りだが精悍な容貌は、なめられないという意味では仕事に役に立っている。だが煌びやかな夜の街で働く女性達にはやたらモテるものの、哀しいかな一般の人には道を譲られることが多かった。

（もうすぐだ……）

静かな興奮に、悠人は落ち着かない自分の腕を軽く叩いて戒めた。

一年前。亡くなった父の隠された負の遺産を知ったとき、悠人は墓に石を投げたい心境になった。

母と弟をあれだけ苦しめておいて、更に死んでまでこれなのか、と。

だがそれももう少しで、ようやく清算できる。

随分前に亡くなった母も、兄弟が初めて協力して過去への決別を図ることをきっと喜んでくれるに違いない。

絶対に父の会社は継がないという意思を表すために選んだ職業だったが、こんなことで役に立つとは思いも寄らなかった。

思惑通り会社は弟が継ぎ、自分もこの仕事でどうにか身を立てられている。

詐欺・横領などの知能犯を扱う捜査第二課で課長補佐の地位にいる悠人は、現在、三課に間借りをしてこの件の捜査に当たっていた。

二課はいま他にも大きな事件を抱えている。その全てに対応するのは至難の技だった。一件の架空ファンドによる投資を募った詐欺事件は既に解決したが、もう一件の、大きなニュースにもなった某有名鉄鋼会社の社員による巨額横領事件は、高飛びしかけた犯人は確保できたものの未だ証拠固めの最中だ。

一応の責任は果たしてからこの件に集中したのだが、三つの事件をうろうろしたせいで、元々気に入られてはいなかった本部長の不信を買ってしまった。おかげで今回の身内絡みの案件に使える捜査員はほんの数人で、この部屋には悠人一人しかいない。

『盗品の売買について、裏付けが取れたらもっと捜査員を貸してやってもいいぞ』と定年間際の本部長に上から目線で言われ、きっぱりと断ったのは悠人自身の意地からだった。

順当に上ってきたキャリアとはいえ、上司の怒りを買っていては昨年昇進したばかりの地位も危ういかもしれない。しかし、それすらもこの件を片付けるためならばどうでもいい。そもそも、出世がしたくて選んだ職ではないのだから。

父が死んだあと、一年以上に亘って地道に悠人はこの件を追ってきた。

不定期に開催されるオークションに出品される商品は、貴重な年代物のワインから、宝石や絵画。価値のあるものなら種類は問わず、驚いたことに、ときには人間までもが出品されることもあるという。

三か月前に開催された前回のオークションを裏で追ったところ、出品された絵画はブルーピカソの大物に、未発表のドガとゴーギャン。どれも秘密裏に鑑定を受け、海外の著名なキュレーターによる真作だということを保証する鑑定書までついていたらしい。

それらがもし本物なら、表舞台に出れば大ニュースになり、オークションハウスや美術館が涎を垂らして欲しがるほどの逸品だったそうだ。

けれど画家達が魂を込めて描いたその絵画は、日の目を見ないままこんな遠い異国に売られ、莫大な金額と引き換えに薄汚れた落札者の手元に渡ってしまった。

(——そうやって、親父もコレクションを放出しては、汚い金を得ていたんだな……)

悠人は苦々しく口元を歪める。

だが、既に前回までの参加者達の身元はほぼ確定し、商品と落札者も把握した。

あとは今回の落札物の行き先と裏付けさえ取れれば、次回からこのオークションが開催されることはない。主催者から出品者、落札者までもを一網打尽にできる。

全ては計画通りのはずだった。

【本日、最後の商品です――】

(――最後の商品?)

悠人は眉を顰めた。

貴秋のカフスに仕込んだマイクから聞こえる司会の声は、少しくぐもっている。

(いま落札されたレンブラントの絵画が、最後じゃなかったのか……?)

リストを見直していると、やはり予定にはない。

なのに、最後の商品として、彼はステージに連れ出されてきた。

「なっ……!?」

悠人は椅子を倒す勢いで立ち上がる。目を疑った。

ネクタイピンにカメラを仕込んで潜入している貴秋も、相当驚いたのだろう。身動きをしたようで、一瞬画面がブレた。

(――何故、篠田琉生がこんなところに)

口にボールギャグを噛まされているが、間違いはない。

監査期の契約社員として、彼が渋沢コーポレーションに入社したことは知っていた。

貴秋のところへ計画の最終の詰めを話しに来たとき、たまたま社長室の前で擦れ違ったのだ。あのときの驚きは、いまも鮮明に覚えている。

彼は、悠人が最後に姿を見てからこの六年でかなり変わっていた。メガネを外し、髪を切り——だが悠人が彼を見間違うことはなかった。

つい気になって、大学を卒業したあと、彼がどういう経歴を重ねてここに辿り着いたのかを、再会してすぐ調べ上げてしまっていた。

琉生は悠人を覚えていなかった。

声をかけたいと思いながらも、とりあえずこの件が片付いてから、と先延ばしにしていたのだ。

【二十七歳、オス。健康状態は良好——】

やはりというか、彼は性的な愛玩用の『ペット』として紹介され始めた。

つまらない商品なら途中で席を立つ者もいるのに、いま帰ろうとする者は誰一人としていない。

画面からも見て取れる、怒りと怯えを滲ませた表情。

これが琉生自身の意思でないことはすぐにわかった。

(助けなければ)

悠人は必死に考えを巡らせた。

だがオークションをここで中断させるとしたら、半年以上もかけた綿密な計画を潰すことになる。関係者を逃がせば彼らは更に罪を重ね、新たな被害者が生まれるかもしれない。

(――終わるまでは動けない、か……)

商品なら、恐らく傷をつけられるようなことはない。悠人はそう判断した。

歯噛みしつつ、成り行きを見守るしかなかった。

【ご覧いただけますでしょうか。白く引き締まった肌に――】

後ろ手に縛られて椅子に座らされた琉生は、上半身の衣服を切り裂かれて、その肌を客の目に晒されている。

白くそばかすの一つもない滑らかそうな肌に、ほんの薄く色づいた、小さな乳首。

マスクをつけたタキシード姿の二人の男達に押さえつけられ、ナイフに怯える様子が痛々しい。

初めて見る琉生の素肌に、仕事とは関わりなく、悠人は目が離せなくなっていった。

彼が少しでも抵抗しようとするたびに、ちらりと刃物が翳される。初めに見えていた怒りの表情は、いまや恐怖に塗り潰されている。視線は助けを求めるように忙しなく動く。

スラックスの前を切られてペニスを露出させられると、彼の頬は羞恥で真っ赤になった。

ショーにわき上がる観客達は、まだ若く、美しい男の出品に歓喜している。

オペラグラス越しにじっくりと観察している紳士。

背筋を伸ばし、どうにか琉生の姿をよく見ようと必死の、太った中年男性。

【――やはり、ペニスもくちびると近い、淡く初々しい色をして――】

司会が『商品』の説明を始めると、琉生は泣きそうに顔を顰める。

辱められる琉生を画面越しに眺めながら、悠人はオークションの関係者全員をぶん殴ってやりたいくらいに苛立っていた。

（絶対に……絶対にぜっったいに、壊滅させてやる……！）

握っている手元のマウスが、メキッと妙な音を立てる。

だが、一番ぶん殴りたいのは、そんな彼の姿を見て、興奮してしまっている最低な自分自身だった。

琉生の受難は、それだけでは終わらなかった。

【ペットの啼き声をお聞かせしましょう】

司会の言葉と共に、琉生を押さえている二人の男が動いた。

二人がかりで下肢の衣類を全て奪われ、琉生は酷い形で開脚させられる。

淡く初々しい色のペニスも、その後ろの小振りな睾丸も、そして小さなアヌスまで、全てが観客の目に晒された。

【う、う——っ!?】

琉生が恥ずかしいポーズを嫌がって呻く。

彼にはわからないのだろう。

『商品』が嫌がれば嫌がるほど観客は喜び、ショーが盛り上がってしまうということが。

手袋をして、ボトルを持って戻ってきた男に、悠人は悪い予感がした。無防備なペニスにたっぷりと垂らされていくジェル。抵抗をすることもできず、彼は男の手によって、無理に昂らされていく。

静まり返った会場。貴秋の興奮を表し、僅かに揺れる視界。

くちゅくちゅ、というういやらしい粘液の音と、苦しげな琉生の呼吸音。

なにか興奮剤でも入っているのか、初々しい色の彼のペニスはあっさりと勃ち上がった。

それからは客に見せつけるためにか、男は、感じやすい亀頭を執拗に嬲り、睾丸を握り込んでは琉生を悶えさせさせている。

（悪夢だ……）

何故、他の誰でもなく、琉生のこんな姿を見せられなければならないのか。

悠人は、もう一瞬も画面から目を逸らすことができずに、昇り詰めていく琉生の姿を、食い入るように見つめた。

限界が近いのか、胸元まで真っ赤に染め、彼は顔を背ける。

その顎を掴んで、後ろの男がぐいと前に向けた。

諦めたのか、半泣きの顔で、琉生はもう逆らうことはしなかった。

【くぅ、……ん、うぅーッ！】

ほどなくして、彼は男の手に精を搾り取られた。

真上を向いて吐き出された精液は、琉生自身の胸にまで飛ぶ。

潤み切った目、染まった頬、開けさせられたままの濡れたくちびる。触れられてもいないのにぷくんと尖り、赤らんだ乳首。一瞬だけの快感に我を忘れた彼の姿は、恐ろしいほどの色香を放っている。

悠人はじわり、と自身が疼くのを感じた。

【――それでは、ご準備はよろしいでしょうか？　お待ちかねの、ご入札を――】

その言葉で、画面に見入っていた悠人はハッと我に返った。

客に彼を落札させるわけにはいかない。

会場には係員として裏から潜ませた捜査員が一名。そして、表からは参加者として招待を受けた貴秋が入り込んでいる。

潜入させた二人は極小のイヤホンを着けている。

こちらからは連絡ができるが、向こうから連絡する手段はない。隠しマイクに独り言として話すことは可能だが、それは他の客にも聞こえる危険性を孕んでいる。

『――貴秋、聞こえるか？　頼む、彼を……落札してくれ』

もう迷っている暇はない。考えあぐねた末、悠人は貴秋を選んだ。

それが個人的な感情からの要求である以上、捜査員を動かすことはできない。

貴秋に頼む以外に、選択の余地はなかった。

【――二千、……三千、……五千、六千、……六千五百】

金額は徐々に上がっていく。

（――まさか、聞こえていないのか……？）

手元のタブレットには、貴秋のＩＤはまだ入札者として表示されていない。

もし、琉生が他の誰かに落札されてしまえば、会場で取り戻すことはできなくなる。

円満にオークションを終えたあと、落札者の手から奪い返すしかないだろう。

だが人間を金で買うような金満家の変態が、大金をはたいたペットをあっさりと返すとも思えない。

【七千、八千、八千五百……八千五百で、よろしいでしょうか？】

落札者が決まろうとしていた。

彼を取り返すには、いましかないのに。

『――アキ、聞こえないのか？　もう、幾らでもいい、頼むから――っ!!』

叫ぶと画面が揺れた。貴秋が立ち上がったようだ。

【――一億】

場内に凛と響いたその声に続いて、興奮した様子の司会のアナウンスが流れる。

小槌が打たれる。大きな拍手とざわめきのあと、オークションは、何事もなく終了した。

琉生は無事、貴秋に落札されたのだ。

悠人はホーッと息を吐く。冷や汗を手の甲で拭った。
(あとのことは……琉生に会ってから考えよう)
頭を切り替えて、もう一人の捜査員のほうに連絡を取ろうとする。
これから署に戻り、今日集めた証拠の裏付けをしなくてはならない。
(今夜は徹夜かもな……)
そう思ったとき。
【……僕が落札したんだから、琉生はもう僕のものだよね】
突然、貴秋の声が聞こえてきた。
その嬉しそうな声に驚き、悠人は「え?」と聞き返した。
次の瞬間、プツッと音を立てて接続は切れた。
「おい、貴秋? いったい、なに考えてんだお前!!」
なにを言ってももう反応はない。イヤホン自体の電源が切られているようだ。
「くそっ!!」
キーボードを力任せに叩き、悠人は慌てて捜査員に撤収後の指示を出す。
(世界で一番ヤバい相手に、借りを作っちまった……)
してもしょうがない後悔をしながら、悠人は荷物をまとめる。
部屋を出ると、急いで地下の駐車場に向かった。

（……面白いことになったな）

＊

タキシード姿の係員にこちらへ、と誘導される。笑みを隠し切れないまま、貴秋は別室へと向かった。

帰り始めた客も、係員も、そして自分もマスクをしている。それでも、テレビで見かける代議士だろうと思われる者や、見覚えのある財界人らしき者の姿も見受けられた。

ここにいた誰もが、恐らく貴秋の姿には気付いただろう。

多少顔が知られている上に、自分は、落札者がわからないようデジタルで管理されている入札を、わざわざ声を上げて行ったのだから。

それでも貴秋は上機嫌だった。正体なんて、バレようがちっとも構わない。

（――ハルの奴、僕が入札するまで、じりじりしながら、いったいどんな顔して待ってたんだろう）

おかしくておかしくて、声を上げて笑い出してしまいそうだ。

誰かは知らないが、琉生を出品した人間に、感謝をしたいくらいだった。

係員に促され、支払いの手続きとサインをする。

「『商品』は？」

「いま、お渡しの準備をしております。お客様の場合、少々特殊な商品なので——」

「どこにいる？」

「え？」

「支払いは終わったんだ。いますぐ、連れて帰る」

困惑する係員を急かし、貴秋は『商品』のいる舞台袖の控室へと向かった。


「……おい、やめろ。商品だぞ」

少しだけ開いたドアの隙間から、男の声が聞こえる。

慌てた様子の係員を押し退け、貴秋はドアを大きく開けた。

中にいたのは、タキシード姿の男二人と、全裸で後ろ手に革の手錠をされたままの琉生だった。口の拘束具だけは外されているが、いまの彼は哀れな性奴隷にしか見えない。

貴秋が商品の落札者であることに気付いたのか。驚いた様子の男は、琉生の尻のあたりを触っていた手を急いで引っ込めた。

琉生は、昨日ランチを共にしたときの笑顔とは打って変わって、怯え切った、虐待された仔猫のような目でこちらを見た。

（……もっと早く、助けてあげればよかったかな……）

今更ながら、貴秋の心の隅に残る僅かな良心が疼く。悠人の反応を思い、面白がったことを後悔した。

「い、いま、その、ペットを渡す準備をしようと——」

誤魔化そうとする男の言葉を、貴秋は一蹴した。

「準備はいらない。手錠の鍵を」

強い口調で言うと、男は慌てて腰のホルダーから鍵を外して差し出した。

鍵を受け取る。すぐに貴秋は、琉生の手の拘束を外してやった。痺れているのか、彼はぎこちない動きで手首に触れる。

あたりを見回す。幾らなんでも、この姿のままの琉生をマンションに連れて帰ることはできない。

琉生の足のすぐそばには、人間が入れそうなサイズの大型の木箱が蓋を開けて置かれている。宝箱のような意匠のその箱の中には、白く高価そうな毛皮が敷き詰められていた。

(まさかと思うけど、これに入れて渡すつもりだったのかな……)

そうだとしたら、悪趣味過ぎる。やれやれ、と貴秋は屈んで箱の中の毛皮を拾い上げた。

近付いただけで、琉生は身を竦める。貴秋は、安心させるように囁いた。

「もう大丈夫だよ」

硬くなっている琉生の躰を、毛皮でそっと覆う。

「帰ろう」と言うと、全く抵抗しない琉生を横抱きにして、貴秋は部屋を出た。

オークション会場だった地下三階のホールから、地下一階へと上がる。

エレベーターの中で貴秋は邪魔なマスクを外した。

気付いていたのか、自分を落札した者の顔があらわになっても、大人しく抱き上げられた琉生はなにも言わなかった。

三十人はいたはずの観客達は既に撤収済みのようで、地下駐車場のエレベーター前に車をつけていたのは一台だけだった。

メルセデス・ベンツの黒のワゴン。運転席から降りてきたのは悠人だ。

後部座席のドアを開け、彼は貴秋から無言で琉生を受け取ろうとする。

オークションの礼も云わない硬い態度に、貴秋はムッとした。

(頼まれた通りに、時間を割いて協力した上、落札までしてやったのに……)

渡すのをやめようかと思ったが、青い顔をしている悠人を見たら気が変わった。

「僕が運転するから、そばについててやったら」と言って、貴秋は琉生を渡した。

一瞬目を丸くした悠人は、「あぁ」と頷くと、琉生を寝かせた後部座席に一緒に乗り込む。

自分の愛車は置いて帰ることになるが、仕方ない。明日は悠人に送らせればいいのだ。

三人を乗せた車は、夜の街へと走り出した。

日付の変わる時間も近い。終電が近くなったからか、駅の近辺は客を待つタクシーや、迎えの車で混雑している。

バックミラーにちらりと目をやる。

「……水、飲むか？」

映った悠人は、横たわった琉生を気遣ってペットボトルを差し出している。

琉生はまだ怯えているようだ。喉は渇いているのか水を見ているが、悠人を怖がって手を出せずにいる。

（こんなときこそ、口移しで飲ませてやればいいのに……）

チャンスをものにしない悠人に、内心で貴秋は舌打ちをする。

マンションまでは、車でほんの十五分ほどの距離だ。

だがその間、目の前の水も飲めない琉生は生殺しだろう。ショックでぐったりしている琉生に対してまで及び腰な悠人に、貴秋は次第に苛立ち始めた。

信号待ちの間に、貴秋は車を左に寄せて路肩に停めた。

「運転代われよ。琉生の面倒は、僕がみる」

そう言い切ると、一瞬面食らった悠人は、反論もせずに、渋々ながら運転席に移った。

（昔からそうだ……）

悠人は、なにもかもを貴秋に譲ってきた。

その同情するような素振りが尚、貴秋の怒りを煽ると知らないはずはないのに。

後部座席に乗り込む。気分を切り替えると、貴秋はいつもの笑みを作った。

「琉生……？　水を飲んだほうがいいよ」

ぐったりして目を閉じている琉生を覗き込んで囁く。

琉生は、自分の前にいるのが貴秋であることに気付くと、あからさまにほっとした様子を見せた。

悠人に怯えていたのだろうか。どうも彼は、悠人を全く覚えていないらしい。そう思えば貴秋の苛立ちは僅かに凪いだ。

琉生は肘をついて身を起こし、震える手でボトルを受け取ろうとする。

「飲ませてあげるよ」

そう言うと貴秋は琉生の項を手で支え、膝に彼の上体を乗せる。

自らペットボトルの水を呷ると、覆い被さり、どこかぼうっとしている琉生のくちびるに自分の口を押しつけた。

柔らかく、熱い。

車を出さず、バックミラーで様子を窺っていた悠人がこちらを振り返る。

驚いた顔に、内心でほくそ笑んだ。

（そうだ、その顔が見たかったんだ……）

一瞬だけ硬くなった琉生は、貴秋が口移しに与える水を従順に飲み込む。

「もっと飲む……？」

幾度かそれを繰り返し、濡れたくちびるを撫でながら貴秋は聞く。

ぶるっと身を震わせる琉生は、まるで感じているみたいに頬を染めている。

そういえば、一度ステージで射精させられたあと、もう一度琉生は無理に勃たされていた。異常に早く反応していたし、恐らくてっとりばやく興奮させるために、なんらかの薬が使われのだろう。

貴秋が迎えに行ったときも、彼のペニスは勃ったままだった。

「もしかして、……辛い？」

囁くと、琉生は意味がわからないというように、ぼんやりと睫毛を瞬かせた。

判断力のなさそうな状態の彼に聞くのは諦め、貴秋は彼がくるまっている毛皮をぺろりと捲る。隠そうとする琉生の手を押さえ、そっと覗き込んだ。

やはり、横たわった彼の腹に沿うように、ピンクに染まったペニスは上を向いている。

ずっとこれでは、琉生が落ち着かない様子なのも道理だ。

（……可哀想に）

本心から、そう思った。

悠人を憎む気持ちも、こんな目に遭った琉生への憐憫も、どちらも同じく貴秋の中に存

在している。

「僕がしてあげるよ」

そう言うと、貴秋は身を起こし、運転席の脇に置いてあったウェットティッシュを取る。

悠人は運転席からこちらを見ている。

「早く車出せよ」と言うと、貴秋は毛皮の下の琉生の下肢に手を滑り込ませた。熱くなったまま放置されていたものを、優しく握り込む。

「ひゃっ、……あっ」

目を丸くしてびくつく琉生の頬に、貴秋はそっとくちびるを押し当てた。

「……大丈夫、なんにも怖いことなんかしないよ。目を瞑って、楽にしてて」

僕を信じて。

そう言うと、しばらく迷った末、琉生は恥ずかしそうに俯きおずおずと躰の力を抜いた。

(……可愛いな……これなら僕も、それなりに楽しめるかも……)

バックミラー越しに、信じ難いというような顔で見る悠人の視線を感じる。

貴秋は口元だけで笑う。

「ん…、んっ、」

目を閉じて喘ぐ琉生は気付かない。

悠人に見せつけるように、貴秋は、昂った琉生のペニスを殊更丁寧に慰め始めた。

＊

赤坂プレジデンスタワーは、大きな公園のそばに立つ白亜の高層マンションだ。

二年ほど前に建ったばかりのその最上階の、ワンフロアを全て使用した、広々とした六ＬＤＫ。

一般のサラリーマンが一生働いても買えないだろうそこが、渋沢貴秋の住まいだった。

「山口、コーヒーのお代わりくれる？　琉生は？」

「あ、……いえ、結構です」

貴秋に聞かれて、琉生は首を振った。

「紅茶のほうが好き？　それともカフェラテとかカプチーノのほうがいい？　遠慮しないでね、エスプレッソマシンがあるから簡単にできるし、山口はラテアートも得意なんだよ」

にこにこしながら言われ、琉生はぎこちなく笑い返した。

二十畳ほどもあるだろうか。

南東の壁を全て窓にした光がいっぱいに入るダイニングルームには、時折キッチンから現れる秘書の山口の他には、貴秋と琉生しかいない。

窓を背に琉生の正面に座っている貴秋は、今日はベージュの薄いニットにブラックのスリムなジーンズを合わせている。時計の他には、なにもアクセサリーなどはしていない。

スーツ以外の服装は初めて見たが、カジュアルな格好も、まるでこれから雑誌のグラビア撮影でもするモデルみたいによく似合っている。

（そうか、今日は土曜だっけ……）

無断欠勤しなくて済んだことに気付いてほっとした。

琉生は一人暮らしで、唯一の身内である父親とは、大学の学部選びで口論したあと、殆ど音信不通になっている。

毎日連絡を取り合うような恋人もおらず、たとえ失踪したとしても、すぐに捜してくれるほど親密な相手は誰もいない。気になるのは仕事のことだけだ。

今更ながら、孤独な自分の人間関係を思い知り、少し落ち込んだ。

座り心地の良い椅子に腰を下ろしていてもどこか落ち着かないのは、いま着ているのが貴秋の服だからかもしれない。

身長が十センチくらい違うからか、シャツの袖を捲り、パンツの裾を折って穿いている。

それでもぶかぶかで、細身に見える貴秋との体格差が一回りはあることがわかった。

テーブルには、ホテルから取り寄せたような完璧なイングリッシュブレックファストが並んでいる。

作り立てのオムレツはとろりと柔らかそうな曲線を描き、前に置かれたコーヒーカップからはまだ湯気が立ちのぼっている。

コーヒーのお代わりを運んできた山口は、貴秋の個人秘書だという初老の男性だ。上品な執事然とした彼は、土曜の今日もきっちりとしたスーツにメガネをかけ、白髪交じりの髪を綺麗に撫でつけている。

「琉生様は、他のお飲み物はいかがですか？」

「い、いえ、大丈夫です」

山口に聞かれ、慌てて首を振る。

（いたたまれない……）

食事にも飲み物にも手をつけていない。とてもじゃないが、手をつける気にはなれない。絵に描いたような穏やかな朝食の風景を前に、琉生は一人で冷や汗をかいていた。


――昨夜。

非合法としか思えないオークションの会場で、琉生は商品として出品された。

舞台の上で、デモンストレーションとして射精を強要されるという信じ難い目に遭い、そのときに使われたジェルのせいで酷く発情していた。

壊れたような心臓の異常な拍動と、じくじくと疼く下腹部の昂り。

強制的に射精させられても、その疼きは全く治まらなかった。

貴秋に落札されて車に乗せられたあとも、頭がぼうっとして、琉生はもう射精のことしか考えられなかった。なにを話しかけられてもよくわからず、ただペニスに手を伸ばさないようにと崩れかけた理性を総動員して必死で自制していた。

そっと貴秋の様子を窺う。

昨夜、そんな琉生の治まらない昂りを後部座席で丁寧に慰めてくれた貴秋は、いま目の前で普通の顔をしてオムレツを食べている。悪夢のような夜が明けても、まるでなにもなかったかのように、彼の様子は一昨日ランチをしたときとちっとも変わらない。

本当に、昨夜のことが全て夢だったらいいのに。

(いったい、どんな顔をしていたらいいんだろう……)

震えそうになる手をテーブルの下でぎゅっと握り込む。

密かに憧れていた貴秋には恥ずかしい欲望の世話をされ、その秘書の山口には深夜に訪れて多大な迷惑をかけた。

自分が望んでしたことではなかったが、申し訳なくて、ただ身の置き所がなかった。

ふいに脇からコーヒーカップが差し出される。

一瞬目を丸くして、それから琉生は頬を緩めた。

カフェラテらしい甘い香り。ミルクの泡には笑顔のラテアートが描かれている。

「あ、……ありがとうございます……！」

無言で一礼して下がる山口の背中に、慌てて声をかける。

貴秋は苦笑している。

「昨夜も今朝も、山口はずっと琉生のこと心配してたんだ。勿論、細かい事情は話してないんだけど。無理に薬を使われたってことだけは、診てもらう前に伝えておいたからさ」

昨夜、医師免許も持っているという山口に一通りの診察をしてもらった。

全裸に毛皮で深夜に運び込まれてきた異常な客人にもうろたえることなく、彼は丁寧に接してくれた。

「山口はなんでもできるんだよ」という貴秋の言葉通り、この朝食も全て彼のお手製だ。

別のフロアに住んでいるらしい山口は、どうも貴秋の生活全般の世話をしているみたいで、ただの秘書ではなく、どうやら執事と家政婦を兼ねたお世話係のようだ。

感謝の気持ちで、琉生は湯気の立つカップを手で包む。

(……温かい)

口をつけると温かさと優しい甘さが喉に落ちる。

少しずつ緊張の糸が解けていく気がした。

「……だいぶ落ち着いたみたいでよかった」

コーヒーを飲みながら、貴秋は躊躇いがちに切り出した。

「あ、あの、ほんとに、なんて言ったらいいか……おれも、その、なにが起きたのか、よくわからなくて」

琉生はどぎまぎしながら答える。

「僕も、琉生がステージに出てきたときはびっくりしたよ。でも落札できてよかった。他の参加者のところに行ってたら、なにをされるかわからないからね」

（そうだ、あのオークションのときも、全部……）

始めから貴秋があの会場にいたなら、琉生が服を脱がされたところも、ステージで強制的に射精をさせられたところも、その全てを見られていたことになる。

（し、死にたい……）

気付いた途端、頭から湯気が出そうなほどの羞恥が込み上げた。

他の誰でもなく、貴秋にだけはあんな姿を見られたくなかったのに。

「琉生？　熱があるのかな、なんか頬が真っ赤なんだけど。山口！　体温計持ってきてくれる？」

貴秋が立ち上がって手を伸ばしてくる。

琉生の額に手が触れたそのとき、ガチャリとダイニングルームのドアが開いた。

「山口、俺にもコーヒー頼む」

入ってきたのは、貴秋のボディガードだった。

一昨日、ランチのときに見かけた。そして昨夜は車に同乗し、ここまで送ってくれたのも彼だった。

昨夜と同じような黒いスーツのジャケットを肩にかけ、小脇に封筒を挟んで持ち、ワイシャツのボタンを二つ開けて袖を捲り上げている。眠っていないのか少し疲れた様子だ。

琉生の額に手を当てている貴秋が目に入ると、彼は一瞬固まった。

小さく舌打ちをしてから、琉生の右隣にどさりと腰を下ろす。

どことなく硬い雰囲気を持った彼に隣に座られ、琉生は身を強張らせた。

山口がすぐに、体温計とボディガード氏の分のコーヒーを運んできた。

「――やっぱり少し熱いかな？　念のため測っておこうか」

貴秋に促されて、琉生は大人しく体温計を腋に挟む。

「……熱があるのか？」

ボディガードに問いかけられる。

「あ、あの、多分、ないと思うんですけど……」

「そうか。まあ、昨日よりは随分顔色もいいな」

（そうだ……昨日の夜は、この人も……）

送ってくれただけでなく、もしかしたら、彼もまたオークション会場にいたうちの一人なのかもしれない。もう琉生は気が遠くなりそうだった。

彼はそんな琉生の羞恥には気付かないのか、突然こちらに手を伸ばしてきた。

大きな手で頭をくしゃくしゃと撫でられる。

「無事で、よかったな」

(笑った……)

一切の甘さを削ぎ落としたような強面とは裏腹の低く響く優しい声。心底安堵したというように、彼は穏やかな表情でくしゃりと笑みを浮かべた。

琉生はぎこちない笑みを作って礼を言う。

短く立てた漆黒の髪と、眼力の強い切れ長の目。

彼の精悍ですっきりとした顔立ちは、よく見れば貴秋にも負けないくらい整っている。

長身にサングラスで怖い印象があったが、直に接すると、意外なほど物腰は柔らかい。

(実はいい人なのかもしれないな……)

唐突に、腋に挟んだ体温計がピピッと音を立てる。

見ようとするより先に、前から伸びてきた貴秋の手に奪われた。

「三六度九分か。微熱だね」

大丈夫?という目で、前と横の二人から見られて琉生は慌てて頷く。

恐らく緊張と疲れのせいだ。少し休めばすぐに下がるだろう。

「……もうそっちの目途はついたんだろ?」

貴秋は視線だけをじろりとボディガードに移して言った。

山口にも丁寧に接する彼の、初めて見るぞんざいな態度に、琉生は目を丸くする。

「あぁ。多分、この一週間のうちに全部カタがつくだろう」

気にしていないのか、ボディガードは淡々と答える。

貴秋は彼に向かってずいと手を出した。

彼は渋々といった様子で、持っていた封筒を渡している。

二人は敬語抜きで話している。ボディガードは貴秋の部屋に自由に出入りできるほど親しい様子なのに、彼らは何故か互いに目を合わせようともしない。

(もしかして、ケンカ中なのかな……)

いつも朗らかな貴秋が、琉生の隣に座る彼に対してだけ、妙に冷ややかなのが気にかかった。

三人がいるダイニングルームには奇妙な沈黙が満ちる。

中に入っていたファイルを見始めた貴秋に、段々いたたまれなさを感じ「あの、いろいろありがとうございました。おれ、そろそろ失礼します」と琉生は立ち上がった。

「え？　なんで？　どこ行くの？」

きょとんとした顔で貴秋が聞く。

「とりあえず、いったん会社に行こうと思います。鞄とか、財布とか、全部置きっぱなしだから気になるし。鍵がないと自宅にも帰れないので」

「会社に行くのはやめておけよ」

貴秋のボディガードが言った。

「お前ももう気付いてるんだろ？　あのオークションは、渋沢の社内で行われた。それに出品されたんだ。つまり、……社内には、お前に悪意を持ってる奴がいる。そんなところにまたのこのこと出て行くのはどう考えても危険だ」

的を射た指摘に胸を抉られる。琉生は息が苦しくなった。

昨夜、貴秋に落札されたあと。エレベーターに乗せられ、地下駐車場に着いた。そのときに、自分がいた会場が勤務している会社の中にあったということには気付いていた。

渋沢コーポレーションは、大企業らしく様々な福利厚生が行き届き、勤務している社員達も皆親切で礼儀正しい。ずっと働けたらいいなと思うくらい居心地のいい会社だったのだ。

なのに、社内の誰かに、いつの間にかそんな恐ろしい悪意を抱かれていたなんて。

込み上げる哀しさと悔しさに、くちびるを噛み締める、

「でも、まだ一週間しか働いてないし、殆ど顔見知りだって……」

訴えながら、ふっと琉生の脳裏に、浦川が『ハイエナ』と称した経理部の女性達の姿が浮かんだ。それから、社内にいる貴秋の熱烈なファン達の姿も。

――もし、琉生が貴秋と食事をしたところを見られていたとしたら。

けれど、そのどれもが、闇オークションにかけられるほどの恨みを買うこととは、到底思えない。一瞬、犯人を仮定しかけた自分の考えをすぐさま否定した。

「多分、琉生が変態の親父に落札されて酷い目に遭うことを狙ってたんだろうね。まさか僕が落札するなんて、予想もしてなかっただろうけど」

くすくすと笑う貴秋に、琉生の脳裏を漂っていた疑問が一つの形を成した。

経営陣のトップにいる貴秋が、社内で開催されたオークションに参加していた。

――とすると、導き出される答えは、一つしかないのではないか。

「……まさか……あの……あのオークションを主催していたのは、……貴秋さんなんですか？」

「ええっ!?　酷いよ、琉生！　幾らなんでも、僕はあんな悪趣味なオークションを開催したりしないよ」

絶望して聞いた琉生に、貴秋は逆にショックを隠せないといった風情で顔を顰める。

「めちゃくちゃ心外だな、僕ってあんなことしそうに見える？」

「あ、あの、すみません、だけど」

慌てて、琉生は必死に言葉を選びながら謝る。

よく考えてみれば、監査をしていた琉生の目から見ても渋沢コーポレーションは健全な財務状況を保っていた。社長の貴秋が、わざわざ法に触れる闇オークションなど開催する必要は見当たらない。とっさに誤解をしてしまった自分を反省した。

「まあ、社長があの会場にいたんだ。主催者だって誤解するのが普通だろ」

ボディガードはコーヒーを飲みながら苦笑している。

貴秋は彼を横目で睨んでから、腕を伸ばして琉生の右手を握った。

(わ……！)

真正面から真剣な顔で見つめられる。

ブラウンの瞳の中には深い色の虹彩が見える。間近で見ると、宝石みたいに綺麗な目だった。大きくて滑らかな手にぎゅっと手を包まれて、琉生の胸の鼓動は俄かに強く跳ねた。

「不安にさせてごめんね。でも主催者は僕じゃないよ。黒幕は別にいるんだ。いまその件で――」

「アキ」

貴秋の言葉をボディガードが強く遮った。

「……こんな感じで口止めされてて、いまはなにも教えてあげられない。だけど僕があのオークションに参加していたのは、単なる義理で、なにかを落札するためじゃないんだ。法律的にも倫理的にも、後ろ暗いことは全くない。それだけは、信じてくれるよね？」

貴秋は顔を近付けて囁く。

手を握られたまま、整った顔に間近に迫られてどきどきするが、いまは不安のほうが強い。

だが貴秋は、見捨てることもできたのに、高額を支払ってまで琉生を助けてくれたのだ。たかが顔見知り程度の琉生に一億円を出してくれた、彼の言葉を信じるべきだ。

琉生はこくりと頷いた。

貴秋はほっとしたように表情を緩めると、軽く撫でてから琉生の手を離した。

「仕事のほうは、『急病で入院した』とか適当に伝えて、契約終了するように言っておくよ」

「え……で、でも、あの」

ここで契約を終了されたらまた無職になってしまう。覚えのない悪意は恐ろしいが、せっかく得た仕事を中途半端で辞めたくはない。

「や、辞めたくないです。監査業務の途中でいなくなったら経理部全体に迷惑がかかるし、紹介してくれた浦川の顔を潰すことになるから」

琉生は必死に言い募った。

「浦川って？」

貴秋が眉を顰めて聞く。

「経理部の主任。……クロだ」

貴秋のボディガードが苦々しい口調で横から口を出した。

(——黒?)

貴秋は先ほど受け取ったファイルを見返している。

「あの、『黒』って、浦川が、なにか」

「うーん……まあ、会社のことは、琉生はもう気にしなくていいよ」

躊躇いながら聞くと、顔を顰めて書類を眺める貴秋に話を終えられてしまう。

社長の貴秋本人にそう言われてしまっては、吹けば飛ぶような契約社員の身としては、それ以上食い下がることはできない。

そもそも、よく考えてみれば、さっき契約終了と言い渡されたばかりだった。

琉生の肩に『失業』の二文字が重く圧しかかった。

(ごめん、浦川。せっかくいい仕事紹介してくれたのに……)

——まさかの四度目の無職。また明日から職探しの日々だ。

半ば涙目になりながら、琉生はよろよろと立ち上がる。

貴秋とボディガードの二人にぺこりと頭を下げた。

「いろいろお世話になりました。あの、この服は必ず返しに来ますので」

山口にも礼を言って、それから、帰るために靴を借りなければ。

踵を返すと、貴秋の声が追いかけてきた。

「だから、なんで出て行こうとするのさ？　琉生はもうここに住むんだよ」

「「え？」」

仰天したボディガード氏と、振り返った琉生の声が被る。

だがすぐに、「あぁ、まあとりあえず、そのほうが安全だしな」とボディガード氏は納得したように椅子に背を預けている。

安全とか、そういう問題ではない。

「いえ、これ以上お世話になる理由もないし、帰ります。仕事は辞めるにしても、会社に荷物だけ取りに――」

「荷物は持ってこさせるよ。でも部屋に帰るのはダメ」

――ダメって言われても。

琉生は呆気にとられた。

「とにかく座りなよ」と、貴秋は平然としてコーヒーカップに手を伸ばす。

「だ、だって、おれ、また無職になっちゃったから、就職活動しなきゃならないし、スーツも職務経歴書も、家に」

「仕事なんてもうしなくていいよ。だって、琉生は僕が落札したんだから」

貴秋は当たり前のような顔で言い、残りのコーヒーを飲み干す。

「貴秋、それは、俺が――」

「誰の指示でも、結果的に落札したのは僕だ」

貴秋はボディガードの言葉を強く遮った。

二人の間にはなにか因縁でもあるのか、貴秋の口調は妙に挑戦的だった。

「琉生は僕が一億円で落札した。だからもう僕のものなんだ。安い買い物じゃなかったけど後悔はしてないよ。ちゃんと琉生の分の部屋もあるし、ここで飼う。責任持って、僕が面倒みるよ」

「か、『飼う』って……!?」

にっこりと笑って言う貴秋に、琉生はもう突っ込む言葉すら出てこない。

琉生は動物ではなく人間だ。

人権があり、ペットのように『飼う』ことは法律で許されない。

貴秋の思考回路は、どこか――いやかなり、普通とズレている。

「……こいつ、言い出したら絶対にきかねえんだ」

慣れているのか、あーあ、と、貴秋のボディガードは天を仰いでいる。

ひたすら呆然とする琉生は、どうしていいのかわからず、呆れた様子のボディガード氏と、楽しそうな貴秋をおろおろと交互に見る。

困惑する琉生と溜息をつく悠人の前で、貴秋は「山口、次はカフェラテを頼むよ」とキッチンに向かってご機嫌で頼んだ。

ボディガード氏がなにか意見しようとしたとき、彼の携帯が鳴った。

「はい。……わかった、三十分で戻る」

すぐに電話を切ると、なにやら苦い顔で舌打ちをしている。

深い溜息をついて彼は立ち上がった。

「――貴秋。いくら落札したからって琉生はお前の玩具じゃない。体調もまだ万全じゃないみたいだし、ここに置くならとりあえず今日は休ませてやれ。いいな？」

彼がそう釘をさすと「お前に言われなくてもわかってるよ」と貴秋は涼しい顔をしている。

「落札の件は、俺は納得してないからな。また帰ったら話す」

（帰ったら……？）

もしかして、彼もここに住んでいるのだろうか。

山口のように、違うフロアかもしれないけれど。

「……琉生」

突然名前を呼ばれて、琉生はびくっとした。

ボディガード氏は、内ポケットからなにかを取り出した。

「携帯がないと不安だろ？　これ、俺の使ってない二台目のやつだから、自由に使って構わない。短縮〇《ゼロ》が俺、一で山口、二でこいつに繋がるから」

『こいつ』と言いながら、彼は顎で貴秋を指した。

「なにかあったら何時でも構わないから電話しろ。出られないこともあるけど、気付いたらすぐに折り返すから」

立っている彼はとても背が高い。長身の貴秋よりも上背がありそうだ。そんな彼に、真剣な表情をして見下ろされると微かな畏怖を覚えた。

だが、何故か彼は琉生をとても心配してくれているらしい。あんな奇妙なオークションに出された経緯を想像すると当然のことなのかもしれないが、不思議に、彼の好意はそれだけのせいではないように思えた。

(でも、私用の携帯なんて……借りてもいいのかな……?)

艶やかなブラックに光る携帯は、殆ど新品のように見える。

結局、躊躇いながら受け取って琉生は礼を言った。

彼は頷くと少しだけ頬を緩める。

「じゃあ、またあとでな」と言うと、貴秋のボディガードは、琉生の頭を軽く撫でてから、急いで出かけていった。

山口が運んできたカフェラテを飲み干すと、貴秋は「さて」と言った。

「食事はもういいの？　じゃあ、これからどうしようか。とりあえず、僕の服じゃ大きいから、琉生の着替えとあと靴が必要だよね。それ以外になにかいるものってあるかな？」

「あの、着替えなら、自分の部屋に取りに戻れば……」

おずおずと駄目元で言ってみる。

「ダメ。なにかどうしても取りに行きたいものがあれば、山口に行かせるよ」

やはりというか、強硬に却下された。

何故だか貴秋は、琉生をどうしても部屋に帰らせたくないらしい。だが落札金額のことを言われたいまとなっては、それでも帰るのだと琉生は強く言い出せなかった。

（なにせ、一億円だし……）

じゃあ、お返ししますね、と一般人が軽々しく言える金額ではない。

郊外に家が何軒か買えるような額なのだ。

高額の所得を得ているのであろう貴秋にとっても、恐らくそうそうすることはないレベルの出費だろう。それを考えると、彼の望みにはできるだけ従うべきだという気がしてくる。

「じゃあ、とりあえず買い物に行こうよ」

貴秋に促され、混乱したまま琉生は立ち上がった。

＊

彼と道を歩くと、誰もが振り返る。

貴秋は文句なしの美形だ。渋沢家は古くは皇族とも繋がりのある家柄であり、財力は言うに及ばず。ハーバードのＭＢＡをこの若さで取得した学歴一つをとっても、家の力だけではなく、彼自身の能力が他より優れていることがわかる。

持っていないものを探すのが難しいほど恵まれている。

そんな彼は、買い物の仕方も一般人とは少々違っていた。

「表参道に知ってる店があるから」と貴秋に車で連れてこられたのは、名の知れたメンズブランドのショップだった。

しかも、その通りで恐らく一、二を争う高価な店だ。

入るなり店内を眺めると、すぐに彼は、淡いブルーのシャツと、店頭に飾られていた濃紺のサファリジャケット、それから濃いベージュのパンツを選び、琉生のサイズを店員に用意させた。

「はい、これ。いま着替えておいでよ。フィッティングルームはあそこだから」

全て貴秋に勝手に決められ、否応なしに琉生は試着室へと追いやられた。

（おれ、サイズも好みも言ってないのに……）

だが、高級品でもぶかぶかの貴秋の服と、サイズは合うものの若干デザインがクラシック過ぎる山口の革靴から解放されるためには仕方がない。

琉生は文句を呑み込んで大人しく着替え始めた。

(しかし、広過ぎるだろここ……)

入った瞬間あまりの広さにぽかんとしてしまった。

普通の試着室の何倍なのか。

中は六畳ほどの広さがあり、四面が天井まで鏡張りで、おまけにソファまで置いてある。

人が一人着替えるだけで、これだけの面積が必要なものだろうか。

(住めそうだな……)

「――どう？」

「うわぁっ！」

馬鹿なことを考えながらシャツを羽織ったところで、突然ドアを開けて貴秋が顔を出した。

(な、なんで入ってくるんだ!?)

「そんなに驚かなくてもいいだろ。あ、やっぱりその色似合うね」

琉生はまだシャツの上を着替えただけだ。慌てて背を向けてボタンを留めると、するりと室内に入り込んだ貴秋はドアを閉め、さっさとソファに腰を下ろしてしまう。

「下は？　早く着て見せてよ」

「あ、あの、でも」

貴秋は足を組むと膝に肘を乗せ、鏡越しに琉生を見つめている。

（どうしよう……）

シャツの裾を掴んで、琉生は動けなくなった。

全裸で彼のマンションに連れてこられた琉生は、元々下着を身に着けていなかった。そして、貴秋に借りた服はシャツとチノパンだけだ。

つまり――いまも下着を着けていないのだ。

朝は緊張し切っていたので、山口に下着の件について言い出すことが躊躇われ、結局そのままチノパンを穿くしかなかった。

財布さえあれば買い物の途中で自分で購入することもできたが、鞄ごと会社に置きっぱなしで、いま琉生は一銭も持ち合わせていない。

このまま下を着替えようとすると、貴秋の前でまた、なにも隠すもののない下肢を晒すことになる。恥ずかしい目に遭うのは、昨夜でもう十分だ。

（ちょっとだけ、出てってくれないかな……？）

困ってちらりと振り返る。貴秋はすっかり腰を落ち着けて、置いてあったカタログを手に取っている。どうやら全く出て行く気はないらしい。

「——どうしたの？　もしかしてそれ気に入らない？　どれか違うの持ってこようか？」

そう言いながら立ち上がった貴秋に首を振る。

どれを持ってきてもらっても同じことだ。琉生は、意を決して頼んだ。

「あの、着替えるので、少しだけ出ていてもらえませんか？」

「……なんで？」

(なんでって!?)

「僕は琉生がそれ着たところを早く見たいし、出て行く理由を思いつかないいんだけど」

貴秋は、本気で意味がわからないというような顔できょとんとしている。

「……ほ、他の友達とかと買い物するときも、一緒に入るんですか？」

「そんなわけないだろ？　友達の着替えなんて見たって面白くもないよ」

あっけらかんと言われ、もはや琉生は唖然とする外はない。

(それなら、おれの着替えだって、見てもちっとも面白くないと思うけど……)

「ほら、早く」

問答に焦れたのか、貴秋は琉生のベルトに手をかけた。

「わっ!?　や、やだ、ダメって、や、やめてください!!」

必死の思いで止める琉生に、貴秋は眉を顰める。

「……まさかと思うけど、僕の前で脱ぐのが恥ずかしいの？」

（まさかじゃないよ!!）

頬を赤らめて必死でこくこくと頷く。

貴秋は琉生との距離を更に一歩狭める。ひやりとしてすぐ後ろの鏡に背中が触れた。鏡と貴秋に挟まれ、逃げ場はもうどこにもない。

琉生の頭の脇に手をついて囲い込んだ貴秋に、じっと真上から見下ろされる。

「昨日のこと、もしかして覚えてない？」

貴秋は怪訝そうな表情を浮かべている。

「……昨日、琉生は僕の手で二度イった」

突然の言葉に頬がカッと熱くなった。

「熱くなってたペニスを扱いてあげたら、車の後部座席で可愛い喘ぎ声を上げて、必死に僕の腕に縋りついてきたんだ。ぐったりしてたけど、キスにもちゃんと応えてたし、……一日で全部を忘れたとは思えないんだけど」

妙なジェルを塗られたせいだとはいえ、全てその通りで反論の余地もない。しかも、一度出しても興奮は治まらず、『もう一度する？』と囁く貴秋の優しい手が、また欲望を絞ってくれるのを従順に受け入れた。

あまりの羞恥に俯こうとすると、顎を取られ、強引に上向かされた。

「忘れてないよね？」

じろり、と強い視線で射貫かれる。貴秋は何故か酷く怒っている。忘れたと言ってしまいたかった。

あれは自分の意思ではなく、不可抗力による事故なのだと。

「わ、忘れて、ないです……」

だが昨夜の彼の行動は、琉生を楽にするための善意によるものだ。どんなに恥ずかしくても、それを踏み躙るべきではないと思った。

貴秋は「よかった」と満足げに笑った。

「…んっ！」

ほっとする間もなく、突然降りてきたキスに琉生はくちびるを塞がれた。

(また、キスされてる……)

上を向かせた琉生の頭を抱え込むようにして、貴秋は角度をずらしたくちびるで口を押しつけてくる。驚いて胸を押し返そうとすると、それよりも強い力で背中を引き寄せられた。頰を貴秋の柔らかい髪がくすぐる。

隙をみてぬるりと入り込んできた舌は、我が物顔で琉生の口腔を這い回る。

頰を包んでいた長い指が、くちびるを合わせたまま項から首筋までを撫でる。ぞくぞくとしたくすぐったさに、琉生は無意識に身を捩った。

くちゅくちゅという音が脳内にまで響き、じんわりと躰中が甘い快感に痺れていく。

喉の奥まで貴秋の舌に侵され、えずきそうになると、今度は浅いキスで柔らかくくちびるを食まれた。

——昨夜もキスをした。

車の中で、水を口移しに飲ませてくれた貴秋は、何度かそれを繰り返すうち、いつしか舌を差し込んで深いキスをし始めた。琉生は、無意識に彼の舌を吸った。

ただ、もっと水が欲しかっただけなのに。

途端に激しくなった貴秋のキスに、強く舌を絡められて甘嚙みをされれば、発情した下肢に一気に快感が伝播した。

一人になるまで我慢しようと抑えていたペニスの昂りが、先走りでべとつき、どうにもならない状態にまでなってしまったのは、あのキスに誘導されたせいだ。

そしてあのときもいまも、完全に琉生は貴秋の術中に搦め捕られてしまっている。

「あ!? やッ、やだ、貴秋さん!!」

既にベルトを外された緩いウエストに、貴秋の手が忍び込もうとしている。

決死の覚悟でその手を拒否した琉生に、くちびるを離した貴秋は不服そうだ。

確かに、琉生の躰はいま与えられた情熱的なキスで反応しかけている。

だが、ここは街中にある店の試着室だ。絶対にこれ以上の不埒な真似などできない。

「ほら、早く着替えて別のところに行こう……?」

チュッと音を立てて頬にキスをしながら、意味ありげな言い方をされて、琉生の頬にまた血が上る。

ぶかぶかのチノパンのボタンに触れた貴秋の手を、琉生は慌てて止めた。

「ほ、ほんとにダメなんです！」

着替えさせようとする貴秋を止めるには、もう言うしかない。崖から飛び降りるような気分で琉生は口を開いた。

「この下、その、な、なにも、穿いてないから」

琉生がしどろもどろに言うと、貴秋は一瞬ぽかんとした。

「え？　それって、下着を着けてないってこと？」

貴秋の驚いた言い草に、躰中の血が頭に集まったような気がする。

「あ、……そっか、ごめん、僕、着替えは用意したけど、パンツは用意してあげてなかったっけ」

気がつかなかった、と言われ、琉生は泣きそうになりながら俯いた。羞恥で人が死ねるなら、絶対にもう自分は息絶えているだろう。

（なんかおれ、変態みたいだ……）

貴秋はもう一度「ごめんね」と言うと、何故か琉生の背に腕を回してすっと撫で下ろした。

ひくりと琉生は竦み上がる。

彼の手は、そっと臀部を確かめるように撫でてくる。

「じゃあ、今日はずっと穿いてなかったんだ……？」

「あ、ぅわっ！」

ぎゅっと大きな両手で尻を包まれ、琉生は驚いて顔を跳ね上げた。

「ほんとだ」と笑う貴秋は嬉しそうだ。

下着を身に着けていない尻のなにが気に入ったのか。

貴秋は、琉生の尻の感触を味わうかのように、手全体を使って押し揉む。

彼は単に事実を確認しているだけのようなのに、琉生のほうには妙な感覚がわき上がる。

淫らな自分が恥ずかしい。たまたまなのか、揉みながら尻の谷間に滑り落ちる貴秋の手がチノパンの布越しに睾丸にまで触れて、そのたびにびくついてしまう。

意地悪に触りまくるこの手を止めてほしい。

だがなにかされるたびに、莫大な落札金額が頭を過る。

結局彼が満足して手を離すまで、頭に血を上らせたまま、なにも言えずに琉生は尻を撫で回され続けた。

正面を向いて密着しているこの状況は、まるで抱き合っているみたいだ。

これ以上触られていたら勃ってしまうかも、と思う寸前で、ようやく琉生はその手から解放された。

「ちょっと待ってて。多分、この店にも売ってたような気がする」

どうやら貴秋は下着を買ってくれるつもりらしい。ホッと息を吐く。

「でもさ、別に今日一日くらい、そのままでもいいんじゃゃない？」

(えぇっ!?)

琉生があからさまにぎくりとすると、振り返った貴秋はプッと噴き出す。

どうやらからかわれていたらしい。

「冗談だよ」と琉生の頬に音を立ててキスをすると、彼は試着室を出て行った。


無事に下着を買ってもらい、貴秋の選んだ服に着替えると、ちょうど昼時になった。

ランチを取ろうと言う貴秋に連れられてきたのは、シティホテルのカフェだった。

土曜の昼時とあって、吹き抜けのある広々とした店内はそれなりの混雑を見せている。

だがよく使う場所なのか、貴秋が顔を見せるとすぐにフロアマネージャーが出てきて、すんなりと二人は窓際の席に案内された。

「あ、ちょっと失礼」

食べ終えた貴秋は、取り出したモバイルの画面を目にして顔を顰めた。

ボタンを押して、彼は何故かそれをテーブルに戻してしまう。

(いいのかな……?)

コースについてきたジェラートを食べていた琉生は、置かれたモバイルに目をやった。

「この間CMで共演した子から、何度も電話がかかってくるんだよね。面倒だから会うのは断ってるんだけど」

貴秋はうんざりした様子で言う。

「え、それって、もしかして、……相葉リサのことですか?」

「あぁうん、そんな名前の子だったかな」

貴秋はどうでもよさそうにアイスティーを飲む。

相葉リサは、長身で人形のような大きな目が印象的な、いまをときめく超人気モデルだ。毎月のように雑誌の表紙を飾り、あらゆる広告媒体に起用されている。いま街頭やテレビで彼女の顔を見ない日はないほどの売れっ子なのだ。

そんな彼女が、渋沢コーポレーションの子会社である製菓会社のCMで貴秋と共演して話題になったのは、つい最近のことだった。

「仕事のことで相談があるからって言われて番号教えたんだ。でもかかってきたって、どこに遊びに行きたいだの飲みに行きたいだの、彼女、仕事の話なんか全然しないんだ。次のCMでも共演する可能性があるからあんまり無下にもできないんだけど、出なくても毎日のようにかかってきてて、もうそろそろ着信拒否にしたいくらいだよ」

「あ、相葉リサを、着信拒否……」

「え？　まさか、琉生、彼女のファンなの？」

ぶるぶると首を振る。可愛い顔だとは思うが、特に興味はない。

「でも、彼女はその、貴秋さんのこと、好きなんじゃ……」

「好きなんかじゃないよ。だって初対面の僕に根掘り葉掘り聞こうとするくせに、行きたいって言うところはクラブとか宝石店とか、とにかく自分好みのところばっかりなんだ。そんな自己中な女なんて一度だって個人的に会う気にはなれないね」

呆れた顔で、貴秋は肩を竦めている。

(よかった……って、え？)

フラれるのが決定的らしい彼女は可哀想だが、ほっとした自分の気持ちに琉生は驚く。

相葉リサと貴秋ならば、美男美女で釣り合いの取れたお似合いのカップルなのに。

(なんでおれ、安心してるんだろう。人が失恋しそうなの知ってほっとするなんて、おれってこんなに酷い奴だったっけ……)

決して喜んでいるわけではない。だが、貴秋が彼女に心を奪われなかったことに、安堵している自分がいる。

自分自身の思考回路に悶々としながら、琉生はジェラートの残りを口に運んだ。

先に食べ終えた貴秋は、足を組んでソファの背に深く身を預け、こちらを見ている。

なのに視線は絡まない。

何故なのか。

しばらく様子を窺い、その理由に気付いたとき、ぶるりと背筋に震えが走った。

彼はくちびるに手の甲を当て、どこか熱の籠もった視線でじっと琉生を眺めている。

その視線に、全身を舐め回されているように思えた。

じわりと汗が滲む。

(値踏みされてるみたいだ……)

もう下着も身に着けている。ただ服の上から見られているだけで、恥ずかしいことなんてどこにもないはずだ。けれどいたたまれず、琉生はスプーンを置くとその視線から身を隠すように俯いた。

「――どうしたの?」

琉生は顔を上げた。

いつの間に我に返ったのか、貴秋はテーブルに肘をついて琉生を見ている。

「食べ終わった? ごめんね、僕ちょっと考え事してて」

申し訳なさそうに言われ、琉生は首を振る。

彼がなにを考えていたのかと思うと、言葉がうまく出てこない。

しばらくの沈黙のあと、貴秋が口を開いた。

「ね、琉生は僕のこと気にならないの？」

意味がわからず首を傾げる。彼は面白そうに琉生を見ている。

「さっき電話かけてきた子は、いろんなこと聞いてきたよ。家族構成とか、好きな食べ物、前付き合ってた彼女とはなんで別れたのかまで。撮影のあとほんの数時間お茶飲んだだけでもそんな感じだったのに、朝からいままで一緒にいても、琉生はなんにも聞いてこないよね。僕に、あんまり興味ない？」

「その、興味ないわけじゃないんですけど、でも」

友人というわけでもなく、ましてや元々契約社員と社長という関係だった貴秋にプライベートなことは聞き辛い。琉生はもごもごと言い淀む。

だが、婉曲に『興味はある』という琉生の気持ちが伝わったのか、彼は頬を緩めた。

「ほんとに？　じゃあ聞きたいことあったらなんでも聞いて？　どんなことでもいいよ」

(聞きたいこと……)

本当は、たくさんの気になることがあった。

何故、たかが契約社員の琉生をランチに誘ってくれたのか。

何故、あんな多額の落札代を払ってまで助けてくれたのか。

家に帰ってはダメだと言うけれど、これから琉生をどうするつもりなのか。

すっかり興奮剤の効果が抜けて昂りを慰めてくれる必要がなくなったあとでも、キスをしたり意味深に触れたりするのは、いったいどうしてなのか――

（絶対に、彼女いるよな……）

人気モデルの相葉リサを袖にしたとしても、この貴秋が完全にフリーなはずはない。

（好きなひと……いるんですか？　なんて、聞けないし）

喉が渇いてきて、琉生は温くなったアイスコーヒーのストローを咥える。

さっきのブランド店で着替えを済ませるまでの間に、貴秋は更に、大きなショップバッグに三つ分の琉生の服を勝手に選んで会計を済ませていた。呆気にとられたが、『適当に買っておいたよ』と言われてしまえば、もう礼を言うしかなかった。シャツ一枚でも三万はする店だ。幾らかかったのかは恐ろしくて未だ聞けずにいる。

それだけの服を購入するということは、本気でしばらくの間、琉生をそばに置いておくつもりなのかもしれない。

だが彼が構ってくるのはきっと、オークションで手に入れたという興味深さと、一時の気紛れのためだ。そう納得しようとしてもやはりその行動は不可解で、彼の考えていることは琉生にはよくわからなかった。

貴秋はにこにこしながら質問を待っている。

どっと汗が噴き出す。

（なにか、聞かなくちゃ……）

　ふと、朝食で同席したボディガード氏のことが頭に浮かんだ。

（仲悪そうに見えたけど……何故なんだろう）

「あ、あの、ボディガードの人って……」

「え、ボディガード？　誰のこと？　株主総会と記者発表のときくらいしかつけないんだけど」

「え、でも、今朝も……」

「今朝って、……まさか、悠人のこと言ってる？」

　ぷっと貴秋は噴き出した。くっくっと笑い、それから、耐え切れなくなったというようにあはははと笑い出す。

　それでなくともさり気なく集まっていた周囲の視線が、彼に集中する。あんまりおかしそうに思いっ切り笑われ、琉生は赤面して身を縮めた。

　一頻り笑い終えたあとで、貴秋はようやく目尻の涙を拭う。

「はー、琉生って面白いね。残念ながら、あいつは僕のボディガードじゃないよ。渋沢悠人といって、会社に出入りしてるけど、うちの社員っていうわけじゃないんだ。これからも部屋で見かける可能性はあるだろうけど、バスもトイレも別だし、生活時間もズレてることが多いから、あんまり気にしなくて大丈夫だよ」

「あ、じゃあ、やっぱり一緒に住んでるんですか……？」

貴秋は「うん。まあ、いろいろ事情があってね」と不本意そうに認めた。

（どういう関係なんだろう……）

名字が同じで、社長の貴秋と一緒に暮らすくらいだから、親族であると考えるのが妥当だ。だが、血縁関係があるにしては二人の容姿は全く似ていない。

（遠縁とか、かな……？）

「ね、他にはなにか聞きたいことないの？」

話題を切り替えるように貴秋が言う。

様々な聞きたいことが頭を過る。じっと見つめられて琉生は慌てて口を開いた。

「えっと、あの、……好きな……」

（おれの馬鹿！）

当たり障りのないことを聞こうとしたのに、よりによって一番聞き辛いことが口から出てしまった。初対面で貴秋にプライベートを聞きまくった相葉リサより始末が悪い。

「好きな？　なに？」

貴秋が身を乗り出す。

だが、いきなり『好きな人いるんですか？』とストレートに聞くわけにもいかない。

慌てて視線を周囲に巡らせる。窓の下には整えられた中庭がある。ぬいぐるみのように可愛い小型犬を抱いて散歩する女性の姿が琉生の視界に入った。

「あの、好きな、……動物、とか」

「好きな動物!?　ほんとに、琉生は面白いこと聞くね」

琉生の視線の先の犬に気付いて、貴秋は苦笑した。

「そうだね、犬も猫も好きだよ。少しアレルギーがあって残念ながら飼うことはできないんだけど。動物園とか水族館もたまに行くし。あとは……そうだ、琉生はクマは好き？」

「………クマ、ですか？」

琉生の脳裏に、北海道の大自然を背景に鮭を咥える雄々しいヒグマの姿が浮かぶ。

(好きっていうか……)

普通に怖い。

琉生がそう答える前に貴秋が言った。

「よかったらこれから見に行かない？」

(ええぇ!?)

「きっと琉生も気に入ると思うよ」

貴秋はCMに出たのと同じ、清々しいまでの美貌でにっこりと笑うと立ち上がる。

琉生の返事など待たず、彼はもう行き先を決めてしまっているらしい。

(どうしよう、い、行きたくない……！)

琉生も犬や猫は大好きだが、子供の頃に行った動物園でポニーから落っこちた記憶のせいか、自分よりも大きな動物には妙な恐怖感がある。実は動物園ですらそれ以来怖くて行っていないくらいなのだ。

「さ、遅くなると混んでくるから、早く行こうよ！」

だが貴秋は既に行く気満々だ。

今更『大きな動物は怖いから行きたくありません』などとは言い出し難い。

（このへんに、猛獣のいる動物園とかあったかな……）

今日は休みでありますように、と心底本気で願う。半ば涙目で琉生は立ち上がった。

「楽しかった？」

「はい!!」

貴秋に聞かれて、琉生は頬を紅潮させて頷いた。

日も完全に落ちた帰り際。ランチのあと、半日二人は遊び尽くした。

擦れ違った愛らしいクマの着ぐるみに手を振られて、琉生は思わず手を振り返す。

「やっぱりね。フワフワの小型犬見てたときの目からして、琉生はこういうの好きなんだろうなーと思ってたんだ」

満足げに言いながら、貴秋も苦笑しつつ手を振り返している。

土曜午後のベアーズランドは大混雑だった。

数年前に郊外にオープンしたその屋外型のテーマパークは、人気デザイナーが描いた万人に愛されるタイプのテディベアをメインキャラクターに据えたことで一躍人気に火が点いた。

『大人のための遊園地』という名目で用意された施設では、西洋の街並みをイメージした美しい景観と本場の食事が楽しめる。

キャラクターグッズも飛ぶように売れ、老若男女問わず「いま一番行きたい遊びのスポット」として大人気を博している。

ありとあらゆる場所で出会う一部のスタッフ達は、もこもこのクマの着ぐるみ姿に蝶ネクタイをつけてよちよち歩いている。

こんな可愛らしい猛獣なら琉生も大歓迎だ。

「遊園地の類なんて、子供の頃に来たきりだったけど、あんまり楽しくて、びっくりしました」

多くの人波と共にゲートを出ながら琉生は言った。

「じゃあまた来ようよ。うちの会社、ここととスポンサー契約してる関係でチケットは毎年余るくらい送られてくるんだ。今年は新しいアトラクションができたから来てみたかったんだけど、いくらタダでも一人じゃつまらないし。僕も仕事以外では久し振りで、すごく楽しかったよ」

貴秋の言葉に素直に頷く。

こんな楽しい一日は本当に久し振りだった。

パーク内は大混雑だったが、入場前に貴秋が一本電話を入れると、スタッフ——クマの着ぐるみではない——が入場口で待機していてくれた。

案内されて脇の入り口から入り、用意されていた特別なパスを受け取った。そのおかげで、二人は殆ど全部のアトラクションを並ばずに回れてしまった。

レストランにもスポンサー用に確保されている席があるのか、全く混雑を感じさせない個室で優雅にディナーを取ることができた。

普通に来ていたら、恐らく今頃は行列と人混みでくたくただろう。でも特別パスの恩恵を受け、閉園時間を告げる最後の花火まで、琉生は疲れも感じないほど満喫することができた。

(なんかデートしてるみたいだ……)

いまも彼は、琉生の背中に何気なく手を触れさせて歩いている。

入場するとすぐ「混んでてはぐれるといけないから」と彼は琉生と手を繋ごうとした。

だが貴秋の顔は予想以上に売れているらしく、擦れ違うと必ず何人かは振り返る。

『あの完璧王子がベアーズランドで男とデート!?』というネットの記事が頭に浮かび、琉生は彼の手を必死でお断りした。

男二人で歩いているだけでも結構目立つのに、その片割れがテレビでも時折見かける彫像のような美形なのだ。手など繋げば、下手をしたら大人気のクマの着ぐるみより人目を引いてしまう。

「僕は全然気にしないよ」と不満そうだった貴秋は、ジェットコースターでは安全バーを掴む琉生の手を上からそっと握った。

次に乗った、城での殺態事件をモチーフにしたホラーハウスは暗く、勝手に進んで行くカートは二人掛けで、周囲からは全く見えない作りだった。

十分程度の乗車時間の間、殆ど琉生はその怖さを満喫することができなかった。

貴秋とずっとキスをしていたからだ。

乗るなり腰に腕を回されて引き寄せられ、「ここならいいよね?」と囁かれれば、琉生は逆らうことができなくなった。

だが、仕掛けられたのはバードキスなどではなく。舌を深く搦め捕られ、呼吸もままならなくなるほどの激しいディープキスだった。

外で手を繋ぐことを拒んだのを怒っているのか、貴秋は真上から覆い被さるようにして琉生のくちびるを塞いだ。

くちゅくちゅと舌を吸われる音が他の客に聞こえるのではないか。

そんな心配すら一瞬で吹っ飛んだ。くちびる同士でセックスをするみたいに情熱的な貴秋の口付けを受け、躰中の力が抜けた。

降りてすぐ、「もう一回乗る?」と囁かれ、頬を熱くした琉生は慌てて首を振った。グッズを売る店内を見て回るときも、カフェで休憩をするときも、貴秋は優しく、ときには微妙な熱を感じさせるような視線を向けてくる。

まるで熱愛中の恋人同士を思わせるその様子に始終どぎまぎして、一日中琉生は混乱するばかりだった。

「あー、ちょうど閉場時間だから、パーキングから車出すのが大変そうだな。どうしようか、パークのホテルに泊まっていく? 一部屋ぐらいなら押さえられると思うよ」

泊まりと聞いて、琉生はぎくりとする。

「あ、あの、でも、山口さんにおみやげを早く渡したいので」

「そう? 山口はもう帰ってるだろうから、渡すのはどっちにしても明日の朝になるけど、まあ泊まるよりは早く渡せるかな。じゃあ、もう少し空くまでそのへんでお茶でも飲んでようか」

少し残念そうに貴秋は笑った。

二人きりになると貴秋の態度は一変する。好かれている様子なのは、正直に言ってすごく嬉しい。だが、キスだけでは済まないことになりそうで怖かった。

貴秋に買ってもらった山口へのおみやげは、一番人気であるクマのストラップとクマ形のクッキーだ。

それ以外にも貴秋は、最も大きいサイズの小柄な大人ほどもありそうなクマのぬいぐるみと、その一つ下の一メートルほどのサイズのものを購入して自宅へ送っていた。

(誰にあげるんだろう……)

ずきん、と少し胸が痛んだ。

だが、恋人でもなく、ただ落札された身分の琉生が詮索すべきことではない。クマが欲しいわけではないけれど、貴秋からそれを贈られる人が羨ましく思えた。


「あ、やばい。車に忘れ物した」

マンションに着き、玄関のドアを入ったところで貴秋が言った。

「先に入ってて」と言われ、琉生はブランドロゴの入ったショップバッグの横で靴を脱ぐ。

カチャリとどこかの部屋のドアが開く音がした。

「――どこに行ってたんだ？」

現れたのは、琉生がボディーガードだと誤解していた貴秋の同居人、渋沢悠人だった。

硬い表情で聞かれ、琉生はうろたえた。

「あ、あの、貴秋さんに、服を買ってもらいに……」

「携帯は？　電源を切ってたのか？」

(電源……？)

疑問に思ってジャケットの内ポケットから借り物の携帯を取り出す。「ちょっと寄こせ」と言われて大人しく差し出した。

「電源、切れてるな……なんで切ったんだ？」

溜息交じりに聞かれて、琉生は瞬きをする。

「おれ、……切ってないです」

借りて以来、琉生はまだ二つ折りのそれを開いてすらいなかった。

そういえば、ランチのときに『ちょっと携帯見せて』と言われて貴秋に渡した記憶がある。もしかしたらあのときに彼が電源を切ったのだろうか。

「貴秋の仕業だな。あいつ……」

悠人は小さく舌打ちをした。

「いいか、携帯の電源だけは絶対に切らないと約束してくれ。これを切られたら、もしなにかあっても助けられないだろ」

真剣過ぎる表情で悠人は言う。

琉生はおずおずと頷いた。

彼は琉生が無事に戻るのを待っていてくれたのかもしれない。

そんなにまで心配するような危険が及ぶとは考えられないが、昨夜のオークションの件を考えると、そうとも言い切れない。

「あの、……すみませんでした」

電源が切れていたのは自分のせいではなかったにしろ、不注意で申し訳ないと琉生は思った。

踵を返そうとしていた彼は面食らったように動きを止め、それから琉生の頭を軽く撫でた。

「謝るなよ、お前が悪いんじゃないんだから」

不器用な笑顔を見せた悠人にほっとする。

(何故こんなに心配してくれるんだろう……?)

そのとき背後でドアが開く音がした。

「あ」

入ってきた貴秋は悠人の姿を見て顔を顰めた。

とっさに、琉生は悠人の手から一歩引いて逃れる。

「……琉生、ゲストルームに行ってて」

二人の前を通り過ぎながら、きつい口調で貴秋が言う。

「あ、はい」

琉生は慌てて重く嵩張るショッピングバッグを持ち上げた。

ゲストルームのドアを開けてから、気になってそっと振り返る。

（まだ、見てる……）

このまま出かけるらしく、悠人は玄関のドアを開けたところで振り返りこちらを見ている。

琉生の姿がゲストルームに消えるまで、彼は動こうとはしなかった。


「気に入らない」

「え？」

苛々した口調で言われ、琉生は動きを止めた。

琉生が大きなショップバッグを部屋に運び入れ、一息つく間もなく、すぐに貴秋はゲストルームにやってきた。

ゲストルームは十畳以上はあり、きっちりとベッドメイクされたクイーンサイズベッドを間接照明が照らしている。

「今日は一日遊んで久し振りにリフレッシュしたよ。楽しかったし、琉生を落札して本当によかったな、と思ってた」

彼は、持ってきた小さな紙袋をぽんとベッドに放る。琉生に向き直ると腕を組んだ。

「僕はね、綺麗で頭の回転の速い人間が好きなんだ。最近は、顔は綺麗でも自意識過剰で押しの強い女が纏わりついてきてたから、そういうのはもううんざりだ。琉生は、うるさくないのがいい。肌も髪も綺麗で顔も好みだから、相性さえ合えばずっとそばに置いてもいいと思ってる」

どうも褒められてはいるようだが、その視線はまるで品定めをするように冷ややかだ。

「だけど一つだけ、どうしても気に入らないことがある。落札したと言っても、他にはなにも強要するつもりはないよ。だから……僕の頼みを聞いてくれるよね？」

昼間の貴秋とは全く違う強引な言い方だった。

拒否することを絶対に許さないという雰囲気を感じて、琉生はぎこちなく頷いた。

「よかった」

ほっとしたように表情を緩めると、貴秋は琉生を抱き寄せる。

固まっていると、ちゅっと軽くくちびるを吸われ、ジャケットを脱がされた。

「じゃあ、下を脱いで待ってて」

「えっ？」

「僕は他の準備をするから」

(準備？)

バスルームに向かう貴秋の背中をぽかんと眺める。

よくわからないまま、琉生はその言葉に従って、靴下と、今日買ってもらったばかりのチノパンを脱ぐ。

淡いブルーのシャツは、下着がぎりぎり見えるか見えないかという丈だ。

バスルームから何枚かタオルを持って、貴秋は戻ってきた。

「ちゃんと脱いだ？　あ、上はそのままでもいいけど、下着も脱いでね」

「し、下着も!?」

うん、と当たり前のように貴秋は言う。

(な、なんで……？)

下着を脱ぐ必要性がわからず、もじもじする。「言うことを聞くって言ったよね？」と怖い顔で睨まれて、琉生は慌てて下着に手をかけた。

貴秋が選んだ下着は、かなりぴったりとフィットするローライズの白いボクサーパンツだった。琉生は太ってはいないと思うが、サイズが小さめなのか少し肌に食い込み、うっすらと翳りが透けて際どくはみ出しそうに見える。それでも着けていないよりはずっとマシだったし、文句を言える立場でもなく、琉生は大人しくそれを穿いていた。

なるべく性器が見えないように急いで下着を脱ぐ。シャツの裾で殆ど見えないのにほっとした。

「じゃあ、ベッドに仰向けになって、足を開いてくれる？」

「え、…えぇっ!?」

信じ難い貴秋の要求に琉生はぽかんとする。

「ど、どうして、そんな……」

「下の毛を剃るんだよ」

(えぇぇぇ――――!?)

「ほら、早く。僕、これが済んだらちょっと仕事の電話しなきゃいけないんだ。あんまり時間ないから」

(だ、だったらそんなことしなくたって……！)

「あ、あの、なんでその、剃る必要が……」

琉生は恐る恐る聞く。

「単に嫌いなんだ。オークションで琉生の躰を見たとき、悪くないなと思ったけど、それだけは気に入らなかった。そこだけ綺麗にすれば、あとは完璧だよ。バカ高い金を払うなら本当は剃ってから渡してほしかった。でも、あのときは時間もなかったし琉生も怯えてたから。だからいま僕がわざわざ処理してあげようとしてるんだ」

憤慨したように貴秋は言う。どうやら、よほどそれが気に食わなかったらしい。

「ほら、早くベッドに上がって。……それとも、まさか約束を破るつもり？」

じろりと睨めつけられ、琉生は弾かれたようにベッドに上がった。

綺麗な顔をしている分、不機嫌なときの貴秋の怖さは強烈だ。頭が良過ぎるせいか、行動も少しばかり突飛なところがある。大人しく言うことに従っておいたほうが無難な気がした。

（で、でも剃るなんて……）


ベッドに正座した状態で固まっていると、氷点下の声が降ってきた。

「僕は、仰向けになって、足を開けって言ったはずだ。何回言えばわかる？」

琉生は慌てて仰向けになり、ぎくしゃくと僅かに足を開いた。

恥ずかしくて死にそうだったが、貴秋の言うことには逆らえない。

「そんなんじゃちゃんと剃れないだろ。足をもっと開いて、自分で持つんだ」

ぐいと思い切り開脚させられ、膝の裏をそれぞれの手で持つように促される。

彼はベッドサイドのライトを点け、琉生の足の間あたりに向けて調節した。

シャツの裾を胸まで捲り上げられ、僅かに隠れていた股間がライトの下に全て晒されることになった。

（は、恥ずかしい、こんな格好……！）

「うん、そんなに量もないし、こうしていい子にしててくれたらすぐに済むよ」

貴秋は満足げに言うと、羞恥のあまり泣きそうな琉生に覆い被さってくる。まるでご褒美を与えるみたいに、彼はくちびるを合わせてきた。

「ん……ぅ」

舌を吸われて歯列をぞろりと辿られる。無茶苦茶な行動とは裏腹に、キスは変わらず、甘く蕩けるように優しい。最後に琉生のくちびるを舐めてから貴秋は離れた。

持ってきた紙袋を開けると、彼はT字の剃刀とシルバーのボトルを取り出す。

「ちょっと冷たいけど、ごめんね」

とろりとした冷たさを股間に感じて、琉生は竦み上がる。

「あ！」

剃る準備なのか、貴秋はジェル状のものを琉生の股間にたっぷりと垂らした。下腹部からくったりとしたペニス、それからその後ろの睾丸、そして何故か後孔にまで塗っていく。

「ふうん、前以外殆ど生えてないんだね。でも、一応塗っておこうか」

観察するように言いながら、やたら丁寧に細部までジェルを塗り込まれる。

「ひゃ…あ、ぅ」

睾丸の付け根から、ペニスの先端の膨らみ、先っぽの孔の中まで。

そんなところに毛なんて生えているはずもないのに、貴秋は孔を開くように引っ張って、その中にまで指先でジェルを念入りに塗り込んでいく。過敏な場所を執拗に弄られて、琉生は叫び出しそうなくちびるを必死に噛み締めた。

(もう十分、塗れたと思うんだけど……)

琉生がその手を止めたくなる限界まで、貴秋はぐちゅぐちゅと卑猥な音を立てながらペニスと睾丸にしつこくジェルを塗り込み続けた。

「よし、これでいいかな。……あれ？　琉生、気持ち良くなっちゃったの？　僕、剃毛の準備してただけなんだけど」

困惑したように言われ、頬にカッと血が上った。

見なくてもわかる。ジェルを塗られてしとどに濡れたペニスが濃いピンクに染まり、臍に向かって勃ち上がっていることが。

「ごめんね、いまは時間ないから先に剃ってもいいかな？　それまで我慢できる？」

「あ、は、はい」

こんな恥ずかしい思いをいつまでもしたくはない。

(早く終わらせて、シャワーを浴びるって言って一人で抜こう……)

「じゃあ、剃るね。危ないから動かないで」

にっこりと、昼間と同じ優しい笑みで貴秋は言った。

じょり、という奇妙な感触が下肢から伝わる。

怯えと羞恥で固まっている琉生の足の間に屈み込むと、貴秋は顔を近付けてくる。彼は丁寧にその場所を剃り始めた。

(早く、はやく、終わってくれ……)

何分、いや、何十分経ったのか。

ジェルを塗られている間に既に昂ってしまっていた琉生は、もう限界だった。

ゆっくりと、殊更丁寧に、貴秋は琉生の下肢の翳りを剃り落としていく。

「ちょっとこれ、邪魔だから」

「あ、ぅ…」

剃るのに邪魔だといって、貴秋は勃ち切った琉生のペニスを右に向けたり左に向けたり、ときにはきゅっと亀頭を摘まんだり、押さえたりする。そのたびに触れる彼の手にジェルに塗れたペニスを刺激され、琉生は達してしまいそうな快感に身悶えた。

冷たいウェットティッシュで剃り終えた場所を拭き取られ、最後に乾いたタオルで拭われる。それだけでもじわりと躰が疼いてしまう。

「このあたりは元々産毛しか生えてないんだね。剃らなくてもよさそうかな？」

興奮に硬くなった琉生の睾丸を手に取って、貴秋は確認する。敏感な睾丸をジェルで濡れた手でくにゅくにゅと揉み弄られて、ぶるっと躰が震えた。

「あれ？　いま、先っぽからなにか出たよ。おしっこじゃないよね。先走り？　我慢できるって言ったのに、まさか漏らしちゃったの？」

たまらずに先走りを零したペニスの先端を、指先でぐりぐりと擦られる。

「あっ！　やっ、あぁっ！」

（もうダメだ……！）

頭の中が真っ白になり、目を閉じる。勝手に腰が揺れる。

だが、あと一瞬で出る、というとき。ぱっと貴秋は指を離した。

（え……？）

「――はい、完了。綺麗になったね」

汗の浮いた頬にご褒美のようにキスをされる。目を開けると、貴秋はウェットティッシュで手を拭いて後始末をしている。

「もう足を閉じてもいいよ」と言われて慌てて閉じ、シャツの裾を下肢まで引っ張り下ろした。

（早く一人になりたい……）

昂ったままの躰が熱くて辛い。疲れ切った躰を起こすと、琉生はふらりと立ち上がった。

「どこ行くの？」

貴秋に腕を掴まれる。

「あ、あの、バスルームに……」

「僕は、まだ行っていいなんて言ってないよ」

「……ご、ごめん、なさい」

琉生は俯く。もうまともに立っているのも苦しいくらいペニスはじくじくと疼いている。はあはあと馬鹿みたいに荒い息で、ただ貴秋が許してくれるのを待った。

「シャツの前開けて」

言われていることがすぐに頭に到達せず、琉生はぼんやりと貴秋を見上げた。

「言ってることわからないの？」

しょうがないなあ、という貴秋に、軽く頬をぺちぺちと叩かれる。

シャツのボタンに手をかけられて、ようやく琉生はハッとする。

拒もうとすると「手を後ろで組んで」と貴秋にきつく命令された。

「縛られたくなければ、言う通りにするんだ」

強い視線で見下ろされ、呆然とする。貴秋は許してくれる気はないようだ。

結局逆らえずに、琉生はおずおずと手を後ろに回す。物理的に縛られてはいない。けれど貴秋は言葉の鎖で、琉生の腕を雁字搦めに縛り上げていた。

「琉生は本当にいい子だね」

ぺろりと頬を舐められて、ぞわりとした奇妙な快感が躰を駆け上がる。

貴秋は琉生のシャツのボタンを全て外していく。

大きく前を開けられ、肩からずり落とされると、先ほどつるつるに処理された下腹部も、勃ったまま苦しげに震えるペニスも、なにもかもが貴秋の目前に晒されることになった。

「ああ、……ものすごく可愛いよ、琉生。もし、あのオークションに出されたときにこの姿だったら、二倍の値段がついていたかもね」

自分の創った作品を堪能する作家のように、貴秋は琉生の姿を眺めて感嘆の溜息を漏らす。

満足げな彼は、羞恥に顔を顰める琉生の気持ちなどお構いなしだ。それに気付いたとき、酷く哀しい気持ちが胸の内に広がった。

貴秋は、琉生のことが好きでこうして構っているわけではない。一億円で自分勝手に遊べる、玩具を買っただけなのだ。

いまは琉生が一番新しい玩具だから執着しているが、更に新たなものを手に入れれば、遊び飽きた古い玩具など途端に捨てられてしまうことだろう。

琉生の気持ちには気付かず、貴秋は手を伸ばしてくる。頬を撫で、首筋を熱い手のひらで辿られる。

「ここも、……淡くて、花みたいにいい色だ」

貴秋は撫で下ろした手で、琉生の膨らみのない胸を押し揉んだ。

「んぁっ」

ぷくんと僅かに立ち上がった乳首をそっと撫で、押し潰しては、感触を楽しむように軽く摘まむ。そのたびに、壊れた玩具のように琉生はびくびくと反応してしまう。

「なにか飾りをつけたいな。ここのピンクに、ホワイトゴールドのピアスを刺したらどんなにか映えるだろうね」

半ばうっとりとして言う彼に、琉生は恐ろしくてくちびるを震わせる。

胸を触られ続けていると、驚いたことに、くすぐったさのなかにじりじりとした火種のような快感がわき上がってきた。

(なんか、すごくヘンな感じ……)

腕を後ろで組むよう命令されて立ち尽くす琉生の胸に、貴秋は顔を伏せた。

「ひゃっ!? やっ、た、貴秋さん……!」

ぬるりとした舌に、苛められて尖った右の乳首を舐められる。

驚きに腕を解き、身を捩ろうとすると、「動いていいなんて言ってない。腕を元に戻すんだ」ときつく咎められた。

その一喝で、琉生は身動きすらもできなくなった。

れろれろと小さな乳首に舌を絡め、ちゅっと吸っては、貴秋は時折歯を立ててくる。

「は、ぁっ、あ、や…っ」

はあはあ、と荒い息を必死に噛み殺し、それでも出る声を抑えられない。

ただ動きを言葉で戒められ、躰のほんの僅かな一部でしかない乳首を弄られているだけだ。なのに、吸われるとじんわりとした電流が背筋を走り、甘噛みされればずくんと直接ペニスが痺れる。

(どうして、こんな……胸なんかで……)

「あれ……？　さっきちゃんと拭いてあげたのに、また先っぽからなにか垂れてるよ。どうしたの、琉生？」

ようやく胸から顔を上げた貴秋は、たったいま気付いたみたいに言う。

誰にも触られたことのない胸を執拗に嬲られ、焦らされ続けた琉生のペニスはとろとろと蜜を伝わせていた。

もうずっと我慢をしている。

触りたくてたまらないし、恥ずかしくて隠したい気持ちも募る。

だが後ろで組んだ腕を外すとまた怒られるかもしれない。琉生は珍しい物を見るような貴秋の視線に必死に耐えた。

「もしかして、胸を弄られて濡らしてるの？」

貴秋は琉生の耳朶を食み、勃起したペニスにつ…と触れた。

「んぁっ、あ、ダメ、は、離して、」

「え？　ちょっと確認してるだけだよ？」

「ひぁっ！　あ、あぁ…っ！」

離してと頼んだのに、貴秋の手は、逆にきゅっと力を込めて握り込む。

根元から一扱きされただけで強い波に押し上げられる。琉生は自分を掴む貴秋の手を上から掴み、小さな悲鳴を上げて射精した。

促してくれる手に全てを吐き出すと、がくん、と膝の力が抜ける。

抱き締めてくれる貴秋の肩に頭をぐったりと預け、一瞬だけの忘我に酔う。

散々我慢させられたあとのせいか、それは眩暈のするような絶頂だった。

「――僕の手でイくの、これで三度目だね」

耳元で貴秋は囁く。

「あ、ご、ごめんなさい……！」

琉生ははっとして慌てて身を離す。

(また、貴秋さんの手に……)

隠れて自分でしようと思っていたのに、結局貴秋の手を汚してしまった。

彼は、琉生の出したもので濡れた右手を目の前に差し出す。

「十万で買った飼い犬だって、可愛がってもらったら芸くらいするよ。琉生も、少しは僕を楽しませてくれてもいいんじゃない？」

貴秋は、琉生のくちびるを蜜で濡れた指でそっと辿る。口元は笑みを浮かべているのに、その目はまるで笑ってはいない。

（怖い……）

笑みを浮かべた貴秋が恐ろしかった。

できる限り琉生は貴秋の言うことを聞いてきたつもりだ。それなのに、どうして彼はこんなに怒っているのだろう。

昼間は貴秋と一緒に過ごせて雲の上にいるみたいに楽しかった。けれどいまは、同じ彼にまるで奴隷のように責め苛まれている。

見下ろされたまま、琉生は身動きが取れなくなった。

「ほら、綺麗にして」

目の前に、琉生が出した蜜で濡れた貴秋の手がある。

（え……？）

くちびるを割ってその指をぐいと突っ込まれる。射精の余韻でまだぼんやりしていた琉生は、指が入ってくるまで、貴秋の言葉の意味がわからなかった。

「う、ぐっ」

「舐めるんだ。わかるだろ？　自分が出したものくらい自分で始末してよ」

貴秋はぐっと琉生の精液塗れの指を押し入れてくる。

（嫌だ……）

猛烈な嫌悪感に苛まれ、指を振り払いたい気持ちを押し殺す。

（舐めたくなんかない……けど、……）

しばらくの逡巡のあと、琉生は固く目を閉じる。ぴちゃ、という音を立て、琉生は彼の指に舌を這わせた。

貴秋はくすりと笑った。

「いい子だね、琉生は。そう、舌を出して舐めて。全部飲むんだよ？」

琉生が言うことを聞けば、途端に貴秋は優しくなる。

自分の出したものを舐めるなんて、嫌で嫌でたまらない。けれど、貴秋の言うことにはどうしても逆らえない。何度もえずきそうになりながら、琉生は涙目でどうにかそれを舐め取った。

「よくできたね。どうして泣いてるの？　恥ずかしくなんかないんだよ？　琉生が剃毛されて、気持ち良くなって勃たせてたところも、乳首を弄られて射精したところも、僕だけしか見てないんだからね」

貴秋は、背中に手を回して琉生を抱き寄せてくる。

淫らな自分を再認識させるように囁かれて、琉生は羞恥に顔を顰めた。

「ここに膝をついて」

貴秋は自分の足元を指す。抵抗する気力もなく大人しく従う。

「琉生があんまりいやらしく舐めるから、僕も興奮してきちゃった」

跪いた琉生の目の前で、貴秋はジーンズのジッパーを下ろした。

黒っぽいボクサーパンツの前を下げ、取り出した彼のペニスは、琉生のものより大きく、既に上を向いている。王子のような優美な容貌をした彼の生々しい性器を目の当たりにして、琉生はぽかんと目を見開いた。

「してくれる?」

「え? する、って……」

「さっき指を舐めたみたいに、口でするんだよ。できるよね?」

「く、口で、?」

「フェラだよ。したことないの?」

(そんなの、あるわけがない!)

男と付き合ったことのない琉生に、口淫の経験があるはずがない。

頬が一気に熱くなる。ぶるぶると首を振った。

「じゃあ、僕のが初めてだね。なら多少下手でも許してあげるよ。ほら、早く」

くちびるに先端を押しつけられて、とっさに琉生は身を引こうとした。

だが、「するんだ、早く」と苛立った声が頭上から降ってくる。

後頭部を支えてぐいと股間に引き寄せられ、抗えずに琉生は恐る恐る口を開いた。

途端にぬるりと入り込んできたものに、口内をいっぱいに侵される。

「ぐぅ…、ん、んぅ」

したことがない、と言ったのに、貴秋は全く容赦などしてくれなかった。

「歯を立てないでね」と言うと、頭を掴まれ、根元までぐっと一気に押し込まれた。

熱く脈打つものの先端でぐちゅぐちゅと喉の奥を擦られ、琉生がえずくと、やっと口元まで引き戻される。繰り返し出し入れするたび、どんどん彼のペニスは硬くなっていく。

「ヤバい、琉生の口、めちゃめちゃ気持ちいいよ……」

貴秋が感嘆するように頭上でなにか言っても、苦しくて琉生にはよく聞こえない。

いつの間にか零れた涙で頬は濡れ、口元は唾液と貴秋の先走りでびしょびしょだ。

舌に擦りつけては浅く深く注挿しながら「もっとだ、強く吸って」と命令されて、琉生は口を犯す熱いものを必死に吸い上げた。

貴秋が、自分の口を性器のように使っている音だけが耳に響く。

屈辱より、性欲の解消のための道具みたいに使われる哀しさが琉生の胸を満たしている。

口中に苦い味が広がり、ぎくりとしたときに頭を押さえつけられた。

「全部飲んでね。吐き出したら、もう一度最初からやり直しだよ」

（最初からって……！）

許しを請いたくて、涙で潤んでよく見えない目で見上げる。

（飲むのだけは、嫌だ……）

琉生の頭をぐっと強く引き寄せた貴秋が、喉の奥で突然弾けた。

どくどくと吐き出しながら、舌に硬いペニスを擦りつけられる。琉生の後頭部を押さえつけたまま根元を擦る貴秋に、強引に最後の一滴まで口の中に出された。

「吐き出しちゃダメだ。飲むんだよ、琉生」

必死の思いで琉生は、粘つくそれを何度かに分けて無理やり飲み込んだ。

貴秋はしゃがみ込むと、涙と唾液で濡れた琉生の頬に愛しそうにキスをしてくる。

「すごく、よかった。一億円払った甲斐があったよ」と彼は満足そうににっこりと笑った。

＊

翌朝、貴秋がドアをノックする音で琉生は目覚めた。

「おはよう、そろそろお腹空かない？　日曜だけは山口がいないんだ。一階にカフェがあるんだけど、よかったら既に身支度をしている貴秋に首を振る。

慌てて起きると、既に身支度をしている貴秋に首を振る。

「……すみません、食欲、なくて」

瞼が重くて、突然部屋に差し込んだ光が目に痛い。

「大丈夫？　よく眠れなかったのかな」

カーテンを開けてくれた彼は、淡いグレーのシャツにジーンズを身に着け、今日も爽やかに笑っている。

時計を見ると既に昼に近い。休日とはいえ、随分寝過ごしてしまったようだ。

「じゃあ僕、一階のベーカリーにサンドイッチでも買いに行ってくるよ。そのくらいなら食べられるよね。戻ってくるまでにシャワー浴びて着替えておいて。今日の服は、えっと、このシャツと、こっちのジーンズで」

服を選ぶと、当たり前のように顎を取って頬にキスをされる。琉生は身を強張らせた。

貴秋は昨日の昼間と同じくご機嫌な様子だ。琉生の様子には気付かないのか、それともどうでもいいのか。

「行ってくるね」と言うと彼は笑顔で出かけていった。

(シャワーを浴びて、着替えなきゃ……)

貴秋の言う通りにしなくてはならない。

琉生は重い躰を起こし、バスルームへ向かった。


言われた服に着替え、ダイニングルームのドアを開ける。

「おはよう」

だが、そこにはまだ貴秋は戻っておらず、悠人が一人でコーヒーを飲んでいた。

今日も仕事なのか、ワイシャツに黒いスラックス姿でジャケットを椅子の背にかけている。

こちらを向いて挨拶をした彼は、少し眠そうだった。

「……おはよう、ございます」

挨拶を返しながら、琉生は部屋に戻ろうかと悩む。

「どうした？　入れよ」

コーヒー飲むか？と聞かれて迷いながら結局頷く。

彼はキッチンまで行き、琉生のためにわざわざカップを持ってきてくれた。

ありがたいのだが、悠人のそばにいると何故か貴秋の機嫌が悪くなるような気がする。

それが琉生には恐ろしかった。

(少し離れて座れば、大丈夫かな……？)

礼を言ってコーヒーを受け取り、琉生は悠人から一つ空けた椅子に座る。

香ばしい香りに、昨夜からずっと緊張し続けていた気持ちが少し緩んだ。

「……瞼が、少し腫れてるな。よく眠れなかったのか？」

躊躇いながら悠人は言った。

「もしかして、貴秋になにかされたのか？」

突然図星を指され、琉生の肩がびくりと震えた。

「もし、貴秋がなにかお前にしているなら――」

悠人が言いかけたとき、ドアが開いた。

「琉生、探したよ。……こっちにいたんだ」

入ってきた貴秋は、琉生のそばにいる悠人を見て露骨に顔を顰めた。

「サンドイッチと、あとパンとか買ってきた。お前の分は――」

「いや、もう俺は出るから。……琉生」

琉生の頭を撫でようとしてやめたのか、悠人は自分の手を握り込む。貴秋が入ってきた途端、琉生が身を硬くしたことに気付いたのだろう。

結局なにも言わず、コーヒーを飲み干すと悠人はリビングを出て行った。

(よかった……)

悠人が貴秋になにも言わないでいてくれてほっとした。

もし悠人が、琉生に酷いことはするなと貴秋に釘をさすようなマネをしたら、ふいにスイッチの入る貴秋の怒りの火に、油を注いでしまう結果になりかねない。

「いろいろ買ってきたから、食べられるのがあるといいんだけど」

真正面に座った貴秋はテーブルにパンを並べていく。琉生は緊張のあまりぴくりとも身動きをすることができない。

「……コーヒー、悠人が淹れたの？」

貴秋に言われ、びくっと肩が震える。

起こしに来たときには上機嫌だったその声は、いまは低く響く。

「琉生は、妙にあいつに懐いているよね。あいつがいると、目で追ってるし。……僕よりも好き？　どこが気に入ったの？」

「な、懐いてなんか」

「あいつは時間が全然自由にならないガチガチの公務員だし、何年もまともに彼女なんかいない。それに、好きな相手の扱い方なんてまるでわからない朴念仁だ。付き合ったって全然いいことないよ。僕のほうがあいつの倍は資産があるし、欲しい物があったらなんでも買ってあげる。僕にしておきなよ」

貴秋は真顔で言い募る。

いきなり意味不明のことを言われて琉生は戸惑った。

答えられずにいると、しばらくして貴秋は立ち上がった。

「……サンドイッチ、食べられる？」

コーヒーとサンドイッチの包みを琉生の前に置いて、彼は自分の分を食べ始める。

具はエビとブロッコリー。焼き立てのパンの香りがする。見るからに美味しそうだ。

昨夜ベアーズランドで夕食を取ってからなにも食べていない。空腹のはずなのに、琉生はどうしても食べる気がしなかった。

貴秋との食事は、いつも話が弾んでとても楽しいものだった。

彼が黙々と食べていると、リビングルームには気まずい沈黙が漂う。

居心地が悪くて、できればゲストルームに戻って休みたいと琉生は思った。

「……食べないの？」

食べ終えた貴秋が、コーヒーを飲みながらちらりと見る。

（食べなきゃダメかな……）

なんと答えれば彼の怒りに火を点けずに済むか考えていたら、「別に、食べないんならそれでもいいよ」と貴秋は冷ややかに言う。

「あいつはどうせ今日も仕事だろうけど。ついていきたかったんなら、そう言えばよかったのに」

「そ、そんなこと、思ってな……」

「悠人が部屋を出て行くまで目で追ってただろ。あんなに可愛がってあげたのに……まさか、僕の目の前で他の男に色目を使うようなマネをされるなんて、思いもしなかったよ」

否定しようとした琉生の言葉を遮り、貴秋は皮肉そうに顔を顰めて笑う。

琉生の全身から汗が噴き出る。誤解を解きたかったが、琉生は悠人に興味があるのだと、もう彼は決めつけてしまっている。

「……悪い子には、お仕置きが必要だよね」

いっそのこと、走って逃げてしまいたい。なのに、蛇に睨まれた蛙のように一歩も動くことができない。

琉生は呼吸を止めて、貴秋が次の命令を下すのを待った。

南西に向いた窓からは、カーテン越しに夕暮れの日差しが長く差し込んでいる。

琉生はベッドに横になり、じんじんと疼く尻の腫れに耐えていた。

（痛い……）

朝食のあと、『悠人を目で追っていた』という理由で琉生は貴秋にお仕置きをされた。

その場でいきなり下を脱がされて、テーブルに上体を伏せるように命令された。怖い目をした貴秋に逆らえず、琉生はびくびくしながら彼の言うことに従った。

悠人が淹れてくれた冷えたコーヒーと、貴秋が買ってきてくれたサンドイッチが載ったテーブル。

なにをされるのか怯えていると、唐突にバチンという肉を打つ音が響いた。

突然の痛みに跳ね起きると、『動くな、そのままでいるんだ』と怒られた。

バチン、バチッ、と、リズムをつけて、貴秋は力を込めて琉生の尻を叩き始めた。

痛みが辛くて、ごめんなさい、と泣きながら謝ったが、貴秋は許してはくれなかった。

時間が経つにつれて尻は痺れ、何度叩かれたのかもわからなくなった。零した涙と涎でテーブルが濡れる頃、気付けば琉生は、貴秋の腕の中に強く抱き締められていた。

項を撫でる貴秋は、殊更に優しくくちびるを吸ってくる。甘い口付けに、先ほどのあんまりな仕打ちは夢かと疑いたくなった。だが、じくじくとした痛みに疼く尻が、全ては現実に起きた出来事なのだということを教えてくれていた。

『琉生は僕のものなんだから、他の男を見たりするのはダメなんだよ』

そう言われて何度も頷いた。痛みに思考回路が麻痺し、そのときの琉生はまるで貴秋のための奴隷の如く従順だった。

『僕に叩かれて、感じていたの？　琉生はそういう趣味だったんだ』

泣きそうになりながら首を振った。

叩かれているうちにどうしてか反応し、先端を濡らしていたペニスを大きな手に包まれた。緩急をつけて扱かれれば、あっという間にその手に全てを吐き出していた。

『僕のもしてくれるよね？』

口元に押しつけられた貴秋の欲望に、琉生は目を閉じて大人しく口を開けた。

もはや抵抗しようという気は、微塵も起こらなかった。

『可愛いよ、琉生。……本当に君を落札してよかった』

貴秋のペニスを押し込まれた頬を、優しく撫でられた。


（一億円……払うとしたら、いったい何年かかるんだろう……）

先ほどまた、昨日と同じように貴秋の欲望に奉仕させられてから、琉生はずっとオークションの落札金額のことばかりを考えていた。

あのあとすっかり機嫌を直した貴秋から「今日は海にでも行こうよ。僕、クルーザー持ってるんだ。シャンパンとフルーツでも買って、少し沖に出たらきっと気持ちがいいよ」

と誘われた。

昨日までなら目を輝かせて頷いたことだろう。だが、いまはどうしても彼と行く気にはなれず、まだ眠いからもう少し部屋で休みたいと琉生は恐る恐る頼んでみた。

怒るかと思った貴秋は意外にも鷹揚に許し、「じゃあゆっくり休んでね」と一人でどこかへ出かけていった。

口を濯ぎ、シャワーを浴びてから横になる。

尻の痛みに耐えながら、琉生は考え続けていた。

確かに貴秋が払ってくれた、琉生を助けるための落札金は高額だ。

だがそれにしても彼の行動は異常だった。

琉生は悠人に手さえ触れてはいない。目で追っていた、というだけであんな風に折檻されるのならば、もう琉生は他の男と接触することなど一切できないだろう。

いまの状態は、オークションで別の誰かに落札されたのとなに一つ変わらない。

このまま貴秋が飽きるまで性的に嬲られ続けるくらいなら、どんなに貧乏をしても自分で落札代を返済するほうがよほど建設的な気がする。

目を閉じる。躰も心も疲れ切っていたが、いまは眠ることなどできない。

巨額の代金をどうにか返済する方法はないか、琉生は真剣に考え始めていた。

日が暮れた頃に貴秋は帰ってきた。

「夕飯は外に食べに出られそう？　腫れに効くっていう軟膏を買ってきたけど、よかったら塗ってみる？」

心配そうにゲストルームに顔を出した彼から、複雑な気持ちで琉生は軟膏を受け取った。

（薬を買ってきてくれる気遣いがあるんなら、あんな風に叩かないでくれたらいいのに……）

そう思いながら琉生は起き上がり、それでも一応礼を言った。

叩かれて既に腫れてしまったあとで文句を言っても仕方ない。

「あの、夕飯の前に、お話ししたいことが……」

ベッドから降りると、勇気を振り絞って琉生は切り出した。

「貴秋さんが払ってくれた、オークションの……その、おれの、代金のことなんですけど」

「うん？　いきなりなに？」

眉を顰めた貴秋に、つい怯みそうになる。だがここで負けては話にならない。

落札してくれた代金を払うから自分の部屋に帰りたい。

琉生はしどろもどろになりながら、そんな意味合いのことをどうにか説明した。

「え……それってどういうこと？」

貴秋は怪訝そうに問い返す。

「あの、やっぱり、あんな高額なお金を負担してもらうのは、申し訳なくて」

「申し訳ないから、琉生が僕に一億払ってくれるっていうの？」

おずおずと頷くと、貴秋は腕を組んで冷ややかに笑った。

「職務経歴書見たけど、君、公認会計士の資格持ってるんだよね？　なのに、一億自分で払えるって本気で思ってるの？　いったいどうやって？」

見下ろされながらきつく言われ、琉生は言葉に詰まった。

「……琉生はいま二十七歳だよね。六十歳で定年、単純に利息なしで月割りしたって一年で三百万。資格を活用できる会社に就職して平均以上の年収を得たとしても、収入の半分近くは返済に持っていかれることになる。それも定年まで延々とだよ。利息なんか一パーセントでもつけたらすぐに自己破産まっしぐらだ。冗談で言ってるんなら面白いけど、まさか、……本気じゃないよね？」

冷静に計算をされて、琉生は俯くしかなかった。

行動を規制し、性的に強要はするけれど、貴秋は琉生に金を払えとは一度も言わなかった。

多額の資産を持っている様子の彼なら、琉生が返済したいと言えば半額くらいにまけてくれるのではないか、という甘い計算があったのは事実だ。

そもそも、いま現在無職の琉生には、具体的な返済の計画など考えようもない。

(どうしよう……せっかくご機嫌だったのに、また怒らせちゃった……)

ごめんなさいと謝って、このままここに置いてもらうべきなのだろうか。

「……別に、琉生がどうしてもそうしたいって言うなら、それでもいいよ」

冷や汗をかきながら悩んでいると、ぽつりと貴秋が言った。

「その服、脱いで」

「えっ？」

「僕が買ったものなんか、本当は全部迷惑だったんだろ？　あんなにたくさん買って、馬鹿みたいだ。全部捨てるから、いま着てる服も脱いで返して」

「す、捨てるって、で、でも、」

「早くしてよ、僕忙しいんだから」

意味がわからず慌てると、もう一度「早く」と貴秋に急かされる。

いつも琉生を虐めるときとは違い、彼の目はちっとも性的な色を帯びてはいない。

ただ異常に拗ねて、怒っていることだけが伝わってくる。

急かされるまま琉生はシャツを脱いだ。

「全部って言ったろ、下着もだ」

怖い顔で貴秋は命令する。羞恥を感じる間もなく、琉生は急いで全てを脱ぐと彼に渡した。

こんな明るい中で服を奪われ、いったいどこを隠したらいいのか。

困惑してもぞもぞしていると、貴秋は奪った服を無造作にベッドに放った。「早く出て」と全裸の琉生をドアへと促す。

ゲストルームから琉生を追い出すと、一緒に出た彼は部屋のドアに鍵をかけてしまう。

ふと気付くとゲストルームのドアの脇には、ベアーズランドにいた大型のクマのぬいぐるみがくたんと座っている。

無言で琉生を置いてその場を離れようとした貴秋は、一瞬迷った様子で薄茶色のぬいぐるみを拾う。

いきなりそのクマをずいと差し出され、琉生は戸惑った。

「これ……昨日行ったパークで、可愛かったから琉生にあとでプレゼントしようと思って買ったんだ。さっき届いたんだけど……これだけは、あげる。いらなかったら捨てて」

「い、いらないなんて、そんなこと」

ムクムクで一メートルはありそうな笑顔のクマは、かなり可愛かった。

貴秋がこのクマのぬいぐるみを購入したとき、二人で遊びに出かけていても、彼は誰か別の人のことを考えているのだと琉生は思っていた。

（あれは、おれにくれるためのものだったんだ……）

正直に言ってものすごく嬉しい。けれど落札代金のことで揉めてしまっているいま、その気持ちを彼に伝えるのは至難の技だった。

「僕が落札者だったことがそんなに嫌だったなんて、全然気付かなかった。琉生は、……てっきり僕のことが好きなんだと思ってたよ」

貴秋は悔しげに言う。

（好きだった、けど……）

琉生はクマを抱き締めて俯く。

「僕が嫌なら、悠人に助けを求めればいい。元々、琉生はあいつの頼みで落札したんだ。裸で家まで歩いて帰るなり、悠人のを舐めて暮らすなり、それは琉生の自由だよ」

それだけ言うと、反論する間もなく彼は廊下の奥にある自分の部屋に入ってしまう。

ガチッ、と貴秋が部屋のドアに鍵をかける音が響く。

全裸の琉生は大きなクマのぬいぐるみと二人、ゲストルームを締め出されて、ぽつんと廊下に取り残されてしまった。

（ど、どうしよう……）

琉生は埃一つない長い廊下で立ち尽くしていた。

休日の今日、山口が出勤してくることは恐らくない。

仕事が忙しく朝帰りが多いらしい悠人が、この時間に帰宅する可能性も低い気がする。

だが何時に帰るかわからない悠人が帰宅するまで、このままの姿で待っているわけにはいかなかった。

（バスローブか、せめてバスタオルでも……）

ゲストルームにもバスルームは備えつけられていたが、普通に考えてどこかにメインのバスルームがあるはずだ。そこならバスタオルがあるだろう。

とりあえず身を隠すものが欲しくて、琉生は一緒に追い出されたクマのぬいぐるみを抱え直す。もこもこの毛はふわんと柔らかく、全裸よりは少しだけ安心した。

裸足でぺたぺたと廊下を進み、恐る恐る見当をつけた部屋のドアを開ける。

ゲストルームの真向かいは、洗濯機と乾燥機が設置されたランドリールームだった。

狭い室内にはもう一つドアがある。内側から鍵のかかったそこは、恐らくバスルームに続く洗面所なのだろう。そこならばバスタオルがあるはずだ。

ほっとしてランドリールームを出ると隣の部屋に向かう。

ガチャリとドアノブが回る音に、琉生はハッとして振り返った。

「え……」

玄関から入ってきたのは悠人だった。

いつもと同じ黒っぽいスーツを着た彼は、なにも身に着けずに廊下に立つ琉生の姿を見て目を丸くして固まった。

(うわあああ――――っっ!!)

何故、今日に限ってこんなに早く帰ってくるのか。

とっさにクマで躰を隠し、慌てて目の前にあった部屋に逃げ込もうと琉生はドアノブを回す。

ガチッと強い抵抗がある。何度回そうとしてもガチガチと引っかかって開かない。

鍵がかかっているのだ。

(そんな……)

絶望した琉生の肩にふわりとなにかがかけられた。

「――いったいどうしたんだよ、そんな格好で」

悠人はスーツのジャケットを脱ぎ、琉生の肩にかけて躰を隠してくれている。

「あ、……ありがとう、ございます」

彼は背後から琉生の肩をそっと抱く。ドキッとして逃げる間もなく、悠人は琉生が洗面所だと見当をつけた部屋へと琉生を促した。

ドアが開くと、その部屋は洗面所ではないことがわかった。

ゲストルームより少し広い。窓際に置かれたクイーンサイズのベッドと壁一面の本棚。黒い家具で統一された部屋には余分なものが殆どなかった。

「とにかく入れよ。なにか着られる服を出すから」

「あの、ここ」

「うん？　ああ、俺の部屋だ」

やはり、悠人の部屋なのだ。

ゲストルームとダイニングルームしか入ったことがなかったからわからなかった。

ほら、と背中を押して促され、琉生はおずおずとその部屋に足を踏み入れた。


「でかくてごめんな」

湯気の立つマグカップを渡され、ソファに腰掛けた琉生は首を振る。

クローゼットの中を探して、悠人は「なるべく小さめのを探した」という長袖のシャツとハーフパンツを琉生に貸してくれた。

ありがたく受け取り、慌てて身に着ける。その間、悠人は持ち帰った書類をぱらぱらと捲って視線を外していてくれていた。

（さっきはクマで隠してたし……殆ど見られてない、よな……？）

ただの全裸ならともかく、ツルツルに剃毛された子供みたいな股間と、叩かれて無残に腫れた赤い尻だけは見られたくない。

彼の服は貴秋のものを借りたときより更にぶかぶかで、いま琉生はハーフパンツのウエストのヒモを引っ張ってきつく結び、シャツの袖を折ってどうにか着ている。

だが全裸よりはよほどいい。

服を着てから礼を言ってジャケットを返す。受け取ると彼はコーヒーを淹れてくれた。

「念のため聞くが……服を脱がせたのは、貴秋の仕業だな？」

そう聞かれて琉生は言葉に詰まった。

犯人は貴秋だと認めれば、同居人の悠人との関係は更に悪化するかもしれない。

だが認めないと琉生は悠人に、クマを抱いて廊下を全裸で歩き回る露出趣味の変態だと思われてしまう可能性がある。

黙って悩んでいると、悠人は視線を逸らして「その……尻、と……前、のほうも」と、ものすごく言い辛そうにぼそぼそと言う。

(み、見られてた……！)

あまりの恥ずかしさに、全身の血が頭に集まったような気がする。

もう隠したって仕方がない。聞かれるがまま、琉生は尻をぶたれて『悠人のところへ行け』と貴秋に追い出されたことを、つっかえつつも説明した。

無言で聞いていた悠人は、琉生が話し終えるなり立ち上がった。

「……ぶん殴ってくる」

「え、わ、ちょ、ちょっと、待って!!」

「なにを待つんだよ、こんな目に遭わされて。写真と診断書があれば、傷害で逮捕できるくらいの十分な証拠だぞ」

琉生は憤る悠人の腕に縋る。

「あの、服も貸してもらえたし、い、いいんです、もう」

「いいって、そんな」

「貴秋さんには、借りがあって、」

「借りってまさか……オークションの落札代のこと言ってんのか？」

はあ、と悠人は深い溜息をつくと頭をがりがりと掻く。

やはり、彼もあのとき、あの会場にいたうちの一人らしい。

「あんなの貴秋にとっちゃ端金だ。あいつが祖父《じい》さんと親父の二人から相続した財産、全部で幾らか教えてやろうか？」

「貴秋さんにとってはそうでも、おれにとっては大金です。出してもらったことに変わりないし」

悠人はまじまじと琉生を見下ろし、それからふっと表情を緩めた。

「……変わらねえな」

「え？」

ぼそっと言われて、琉生は聞き返す。

なんでもねえ、と悠人は首を振った。

「だけど、たとえ借りがあったとしても、お前だってこんなことされて全然腹が立たないってわけじゃないいんだろ？」

「それは、まあ……」

一億円という多額の借りはあれど、奴隷のように扱われて全く怒りを感じないわけではない。

「だったら、……貴秋に、ちょっとした仕返しをしてやりたくないか？」

悠人は悪戯を企むようににやりと笑った。


翌朝。ダイニングに入ってきてすぐ、貴秋は顔を顰めた。

「おはよう」

「お、おはようございます」

挨拶をした悠人と琉生は、先にテーブルについて食事を始めている。

「……おはよ」

貴秋は隣同士に座っている二人に憮然とした表情で挨拶を返すと、向かいに座った。

悠人はワイシャツにスラックスを着ているが、琉生が着ているのはラフな白いダンガリーシャツとジーンズ。袖も裾も折っていて、子供が大人の服を着ているかのようにサイズが合っていない。

殊更にぶかぶかな悠人の服を身に着けたのは、悠人自身からの提案だった。

既にネクタイまで締めてあとはジャケットを羽織るだけという姿の貴秋は、ちらり、と琉生に責めるような視線を寄こす。

「なにこの匂い……、味噌汁？　あれ、なんで今日は和食なの？」

眉間に皺を寄せた貴秋の視線の先には、悠人と琉生の前に並んだ旅館の朝食のような和の膳がある。

「琉生の食が進まないなと思ってたら、こいつ、実は和食党みたいなんだ。な、琉生？」

『お前は隣でニコニコしてるだけでいいから』と言われた通り、琉生は米を箸で口に運びながらぎこちなく笑う。

悠人の説明に、貴秋の表情は更に不機嫌さを増した。

「貴秋様はどうされますか？」

「僕はコーヒーだけでいい」

山口の問いにぼそりと答えると、彼は懐からモバイルを取り出して弄り始めた。

だが気にはなるのか、時折ちらちらとこちらを見ている。

いつ貴秋の我慢が切れて爆発するのかと怯えていた琉生は、肩がくっつきそうな距離にいる悠人が笑いを噛み殺しているらしいのに気付いた。

（こんなことして、大丈夫かな……）

元々良くはなさそうだった二人の仲が、自分のせいで更に険悪になったりはしないだろうか。

朝食を食べ終える頃、悠人は、琉生の懸念が的中するような爆弾をいきなり投下した。

「あ、そうだ。アキ、こいつは俺がもらったから」

ガチャンと音を立てて、貴秋はコーヒーカップをソーサーに戻した。褐色の液体が僅かに皿の上に零れる。

「そんなのダメに決まってるだろ」

貴秋はじろりと悠人を睨む。

「今更ダメもなにもない。お前が、俺のとこに行けって琉生を追い出したんだろう？」

悠人は涼しい顔で、おろおろする琉生の手を取ると軽く握る。

ガタッと音を立てて貴秋が立ち上がった。

「ダメだ、触るな。琉生は僕のだ」

悠人もゆっくりと立ち上がる。彼は静かな目で貴秋を見つめ返した。

広々としたダイニングルームには緊迫した空気が満ちる。

「何故、お前のものって決まっているんだ？　琉生は誰のものでもない」

「僕が落札したんだ、僕の――」

「金の問題か？　なら、一億くらい俺が払ってやる」

「い、一億くらい、って……」

琉生は呆気にとられる。

射殺しそうに睨む貴秋の前で、悠人は胸ポケットからモバイルを取り出す。

「――渋沢です。御子柴《みこしば》頭取を」

（頭取……？　まさか、……銀行……？）

琉生がうろたえている間に、通話は目的の人物に繋がった。

「ああ、御子柴さんですか？　渋沢です、先日はどうも。いきなりですみませんが、プライベートバンクで信託にしてある金を、一億ほど動かしたい。今日の午後伺うので、それまでに準備しておいてもらえますか。ええ、明日の振り込みで……はい、じゃあよろしく」

通話を終えると、悠人は貴秋を見て不敵に笑った。

「明日中にはお前の口座に一億円を支払う。――これで、文句はないよな？」

立ち上がった悠人は琉生を促す。

「うわ、あっ!?」

慌てて立った琉生を、悠人はひょいと横抱きにした。

「さ、部屋に戻るか」

「待てよ悠人!」

貴秋の反論は聞かずに、悠人は軽々と琉生を抱えたまま自室へと戻った。

琉生をソファに下ろしてからドアを閉めると、彼はぷっと噴き出した。

「……いまのあいつの顔、見たか?」

くつくつと笑う彼に琉生もつい苦笑が漏れる。

これ見よがしの悠人のアピールに、面白いくらいに貴秋は引っかかってくれた。

だがあんまりうまく行き過ぎてふと不安になる。

「で、でも、あの……こんなことして、一緒に住んでるのに、気まずくなりませんか?」

「大丈夫だ、元々かなり気まずいからなにしたって変わらない。まあ、あいつはものすごい負けず嫌いだから、絶対にこれじゃあ終わらないだろうけどな」

悠人は右奥の壁一面に作りつけのクローゼットのドアを開けると、ジャケットとネクタイを取り出す。慣れた仕草で締めていく藍色のネクタイには、小さな水玉模様が散っている。

なにかこだわりがあるのか、今日もまた彼のコーディネートは黒に近い濃紺のスーツだ。だがそのシンプルな装いは悠人のきりりとした精悍な容貌を引き立て、いかにも仕事のできる男という風に見せている。

（そういえば、この人の仕事っていったいなんなんだろう……）

貴秋は『公務員』だと言っていたような気がする。

ぼんやりと目で追っていると、支度を終えた悠人は、ソファに座っている琉生の前に膝をついた。

「俺は、仕事の合間に銀行でさっきの金の振り込みの手続きをしてくる。金さえ払っちまえばプライドの高い貴秋はお前に手出しできなくなるだろう。それまでは貴秋がなにを言ってきても、ドアは開けるなよ。俺から命令されたって言えばいい。この部屋にはトイレもシャワーもついてるし、食事も山口にここまで運ぶように言っておく。もう一日の辛抱だ」

そうだ——琉生の落札代金の負担が、貴秋から悠人へと移る。

琉生の落札者は、悠人になるのだ。

「——どうした？」

「あの、……一億円……」

おずおずと切り出すと、彼は笑って琉生の頭をくしゃくしゃと撫でてきた。

「お前が気にすることじゃねえよ。それより、なにか欲しいものとか不便なこととかねえのか？」

ふと思いついて琉生は顔を上げた。

「欲しいものは、特にないんですけど……あの、おれ、家に帰ってもいいですか？」

「いや、いまはまだダメだ」

悠人はすっと表情を引き締めた。

「あのオークションの件は、まだ調査の最中なんだ。首謀者らしき人間がなかなか狡猾で、逮捕に至る確実な証拠がまだ完全には掴めていない。だから、お前の顔を見た中で、危ない行動に出そうな奴の行動を押さえられるまではここにいたほうがいい。このマンションは、政治家や芸能人も住んでるくらい、セキュリティチェックが厳しいのが売りなんだ。関係者以外は絶対に入れない造りになってるから、ここにいてくれさえすれば俺も安心できる」

「……わかりました」

「どうした？　そんなに家に帰りたいのか？」

「そういうわけじゃないんですけど……」

家に帰りたいというより、無職の居候であるいまの不透明な立場が不安だった。

「じゃあ、あの、……渋沢本社経理部の、浦川に連絡を取ってもいいですか？　大学時代からの友人なんです」

　ふと浦川のことを思い出して聞く。仕事中にいきなり入院なんて聞かされれば、さぞかし心配していることだろう。せめて安否だけでも伝えておきたい。

　琉生の希望に悠人は苦い顔をした。

「……それも、いまはやめておいたほうがいい。ともかく、主犯が逮捕されるまで本社にいる人間には連絡を取らないでくれ」

　きっぱりと言われて、仕方なく頷く。

　腕時計を見ると彼は立ち上がった。

「なるべく早めに帰るからな」と言うともう一度琉生の頭を撫で、悠人は慌ただしく出勤していった。


『なんでも好きに使ってくれ』と言われ、悠人の部屋に置いて行かれた琉生が選んだのは、テレビでもＤＶＤでもなく本だった。

　読書が趣味なのか、悠人の部屋には膨大な冊数の本が並んでいる。琉生の部屋も同じようなものなので親近感がわいた。

　天井までの高さの壁一面の本棚には、翻訳ものの小説が多く目につく。

眺めていくと、『部下を萎縮させない叱り方』などというビジネス書もあり、あの堅そうな悠人がそれを真剣に読んでいるところを想像するとなんだか微笑ましい。

ベストセラーで映画化もされたミステリーの原作を見つけて手に取る。ぱらぱらと捲っているうちに、ソファに座り込み、琉生はいつしか話の中に引き込まれていた。

コンコン、という控えめなノックの音で、ハッと現実に引き戻される。

しばしの間、全てを忘れて本の中の世界に没頭していたようだ。

山口かと思ったが、時計を見ればまだ十時半で、昼食にしては早過ぎる。

「……琉生。いるんだろ?」

ドアの向こうから聞こえてきたのは、既に出勤したと思っていた貴秋の声だった。

会社は休んだのか、もしくは社長の彼には出勤時間の縛りはないのかもしれない。

「あ……は、はい」

慌ててドアの前まで行って答える。

「ここ、開けてよ。少し話がしたいんだ」

ドア越しのくぐもった声で貴秋は言う。悠人に言われた通り、ドアには鍵をかけている。

「あの……鍵は、開けないようにって……」

悠人のせいにするのは申し訳なかったが、琉生の意思だけでは貴秋は納得しなさそうだ。

それを聞くと、ドアの向こうで彼は黙り込んだ。

「……尻を叩いたの、怒ってるんだろ？　ごめん、やり過ぎた。琉生が嫌ならもうしないから……とにかく、悠人抜きで、二人で話がしたい。少しでいいから出てきてよ」

なんにもしないから、と優しい声で言われ、何故だか逆に怖くなった。

「……あの、ごめんなさい。鍵は開けないって、悠人さんと約束したから」

勇気を振り絞って言うと、しばらくの無言のあと、足音は去った。

悠人との約束を守れたことにほっとする。

いまは貴秋と二人きりになるのが怖かった。

山口はいるかもしれないが、貴秋に雇われているらしい彼が琉生の味方をしてくれる可能性は低い気がする。

（なんとなく声に元気がなかったような気がするけど……）

考えながらまた本のページを捲り始める。次のページを捲るまでには、読む以外のことは、すっかり琉生の頭の中から掻き消えていた。


昼食には山口がサンドイッチを差し入れてくれた。

悠人が夜十時過ぎに帰ってくるまで、琉生はずっと本を読んで過ごした。

「ただいま。遅くなって悪かったな。大丈夫だったか？」

少し疲れた様子の悠人は心配そうに見下ろしてくる。

「はい、あの、一度貴秋さんが来たんですけど、開けられないって言ったら、すぐに引いてくれました」

「そうか。まあ、金も振り込んだし、貴秋の件は心配いらないだろ。お前、メシは？」

「あ、あの、まだです」

夕食は、悠人が帰るのを待つと山口に伝えてあった。

「じゃあ、あっちで食おう」と促され、悠人のあとについてダイニングルームに向かう。

山口が温めるだけにしておいてくれた食事を二人で食べていると、ドアが開いて、貴秋が部屋に入ってきた。琉生はぎくりとして身を強張らせる。

一度通り過ぎ、キッチンからワインのボトルとグラスを持って戻ってきた貴秋は、二人がついているテーブルの前で立ち止まる。

「――琉生を閉じ込めるなよ。可哀想だろ」

貴秋は悠人を睨んで言った。

「おい、お前が言えた義理か？」

茶碗を置いた悠人は呆れた様子だ。

「ケツを腫れるまで叩いて、毛を剃り上げるなんて、琉生は奴隷じゃないんだ。俺は、安全が確認できるまでこいつを保護してるだけだ」

「……一晩一緒にいて、なにもしてないっていうのかよ？」

貴秋は声を荒らげる。

「さあな、それは合意があればなんの問題もないだろ。――琉生」

呼ばれて、緊張して二人の様子を窺っていた琉生は弾かれたように悠人のほうを見た。

「今日は風呂まだだろ？　俺の部屋のは狭いし、あとで一緒に大きいバスルーム使うか？

一日留守番で寂しい思いさせたから、俺が洗ってやるよ」

そう言いながら、悠人は隣に座った琉生を抱き寄せた。

頬に悠人のくちびるが触れる。驚きに身を竦めて目を閉じると、荒々しくドアが閉まる音がした。

目を開けると、既に貴秋の姿は消えていた。

「あいつ、暴れてワインのボトル割らなきゃいいけどな」

琉生から腕を離しておかしそうに笑う悠人に、琉生はぎこちない笑みを浮かべた。

完全に自分は二人の間の火種になってしまった。琉生はずっとここにいるわけではないが、悠人と貴秋は同じ家の中で暮らしている。

馬の合わない人間と暮らすのはさぞかし居心地が悪いことだろう。

（どうにかして、仲直りできないものなのかな……）

おせっかいなことを考えながら食べ終える。

片付けを終えて部屋に戻ると「じゃあ、せっかくだから予告通り、一緒に風呂に入ることにするか？」と悠人に言われ、冗談だと思い、琉生は曖昧な笑みを浮かべた。


メインのバスルームはキッチンの隣にあった。

白とベージュを基調とした上品なデザインのバスルームは、貴秋も悠人も、それぞれ部屋についているので使わないというのが勿体ないくらいに広く豪華だ。大人が二人窮屈さを感じずに入れそうなほど、バスタブには余裕があった。

（でもまさか、ほんとに一緒に入るわけじゃないよな……？）

そこも有り得ないほど広々とした脱衣室から、琉生はバスルームを覗き込む。

「悪いけど、上だけ脱げるか？」

悠人に言われて、琉生は「え？」と目を丸くした。

「全部じゃなくていいんだ、シャツだけ。脱いだものがなにもないとおかしいし、それにここのバスルームのドアは曇りガラスだから、結構透けるんだ。服を着て入ってるのが見えたら、イチャついてるのが芝居だって貴秋にバレちまうだろ？」

「あ、……そっか、す、すみません、脱ぎます」

ほっとして、琉生は悠人の大きなシャツを脱いで渡す。

受け取った悠人は、何故か気まずそうに目を逸らす。「先に入っててくれ」と言われて大人しく従った。

(なんだろう……?)

バスルームに足を踏み入れ、正面の鏡に映った自分の姿を見て、琉生は仰天した。

土曜の夜、貴秋にしつこく弄られた乳首は、二日経ったいまでも濃く色付き、ぷっくりと奇妙に腫れている。

それ以外にも、胸の周りには貴秋がいつの間にか残したキスマークらしい充血がいくつもあって、確かに見るに堪えない。尻の腫れや剃毛の件から考えても、全ては貴秋との激しい行為を表しているようにしか思えないだろう。悠人が目を逸らすのも無理はなかった。

恥ずかしさにどうしたらいいのかわからず立ち竦んでいると、悠人が入ってきた。

彼も琉生と同じようにワイシャツを脱いでいる。その姿に思わず目を見張った。

薄らと日に焼けた悠人の上半身にはくっきりとした筋肉がつき、腹筋は完全に割れている。細身ではあるが、マッチョと言っていいほど逞しく鍛え上げられた肉体は、なにかの格闘技を極めているような印象を受けた。

「――シャワーの湯を出すから、バスタブに入ってくれるか?」

「あ、は、はい」

琉生は慌てて水の溜まっていないバスタブに足を踏み入れる。

悠人がコックを捻ると、ザーッと音を立て、湯気を立ててシャワーの湯が洗い場の床に降り注いだ。

「しゃがまないと、服が見えちまうから」

あとから入ってきた悠人に手を引かれ、琉生はバスタブの底に足を抱えて座り込む。

壁には防水のテレビらしきものがついている。その横のボタンを悠人が弄ると、照明がフッと薄暗くなった。

「……絶対に、あいつ見に来るぜ。俺がお前に手を出すはずがないって思い込んでるんだ。脱衣籠の中のシャツと、中の人影が見えたらいい加減納得するだろうけどな」

ぎこちなく言う悠人は、貴秋との関係をきっと誤解しているのだろう。

「あの……」

琉生が話しかけると、突然「シーッ、……ほら、来たぞ」と悠人が口元に指を立てた。

脱衣室のドアが開くのが見える。

ガラスの向こうが結構見えるというのは本当だった。

バスルーム内の照明を落としたせいで、脱衣室の人影がぼんやりと見える。

――貴秋だ。本当に様子を見に来たのかもしれない。

「……ちょっと、声出せるか？」

「え？」

息を詰めて様子を窺っていた琉生は、言葉の意味がわからずに首を傾げる。

突然悠人の胸に抱き寄せられ、琉生は悲鳴を上げた。

「つぁぁあっ！　やっ、いやっ、あぁっ！　あっ、そんな、……おねが、い、あぁ……っ！」

湯気の籠もるバスルームで、シャワーの水音にも掻き消されないほど琉生の声が響く。

「いやっ、やだっ、そこ、ダメ……あ、あぁっ」

バスタブの中で揉み合う人影と嬌声に、事態を瞬時に理解したのか、脱衣室の人影はすぐに見えなくなった。

「……もういいぜ。お疲れ様」

ぐったりとした琉生の躰をバスタブの縁に腰掛けさせると、悠人は蒸気と汗に濡れた琉生の頭を撫でた。

「ひ、酷い、こんな、いきなり……」

いきなり予告もなく、めちゃくちゃに脇腹をくすぐられまくった琉生は、涙目で彼を見上げる。

「しょうがねえだろ？　いきなり『喘げ』って言われたってできるもんじゃないだろうし。でも随分いい声で啼いてくれたおかげで、貴秋はすぐに引っ込んだぜ。明日の朝の顔が見ものだな」

満足そうな悠人の手から逃げると、琉生は立ち上がった。

「……もう、やめます」

「え？」

「貴秋さんに誤解させても、悠人さんとの仲が悪くなるだけで、なんにもいいことなんてないし」

「……誤解を解いて、それからどうするんだ？　俺のものになったわけじゃないとわかれば、あいつはまたお前の尻を叩いて、今度は躰中の毛を剃り上げるかもしれない。それでもいいのか？」

悠人の言葉に琉生は俯く。

酷いことをされたいわけではないが、一つの家の中でいがみ合っているいまの状態がいたたまれなかった。

バスルームには気まずい沈黙が満ち、シャワーの水音だけが響く。

「お前、貴秋が好きなのか？」

ぽつりと悠人は言った。

「この間、全裸で部屋を追い出されてたのは、虐待だと思ったけど、まさか、あれは単なる痴話げんかで、俺はお前と貴秋の間を邪魔してる気の利かない奴なのか？」

戸惑ったように聞かれて、琉生は慌てて首を振った。

「あの、そういうんじゃないです！　助けてくれて、感謝してます」

それを聞いた悠人は、一瞬安堵の表情を浮かべた。

「なあ、……お前、全然、俺のこと覚えてないのか？」

(え？)

自分は、以前悠人と会ったことがあっただろうか。

切ないほどに真剣な顔で悠人はじっと見つめてくる。必死に記憶を探るが、琉生の頭の中にそれらしき人物は浮かんでこない。

「お前を好きになったのは、俺が先だ」

「……え？」

「貴秋がお前に執拗に構うのは、俺を困らせたいだけなんだ」

予想外のことを言われて、頭の中がパニックに陥る。

そんな琉生に、眉を顰めた悠人は、そっとくちびるを合わせてきた。

ほんの一瞬触れたそのキスに、琉生は目を見開く。

悠人が離れた瞬間、なにか言おうとした琉生のくちびるを、彼はもう一度塞いだ。

「んっ…！」

悠人は琉生の背に腕を回して引き寄せてくる。ぐいっと悠人の膝に乗せられ、ゆっくりと強く抱き寄せられた。

その間も、くちびるはずっと重なり合ったままだ。深く舌を差し入れられ、敏感な口蓋を擦られるたびにびくっと琉生は震える。

バスルームの熱気のせいか、ぴったりと触れ合った悠人の胸は異常に熱い。鼓動の速さが触れ合った場所から伝わり、彼が興奮状態にあることがわかる。

（……前に、会ったこと……？　いや、それより『好き』って……）

混乱したままくちびるを奪われた琉生は、告白のようにしか思えない彼の言葉に気付く。

思い悩む間も、押しつけるだけの軽いキスや舌を割り入れる深いキスを幾度も繰り返され、息が苦しくなって眩暈がするまで、琉生が悠人に離されることはなかった。

最後に名残惜しそうに舌を吸われて、ようやく解放される。

悠人に抱き締められ、はあはあと胸を喘がせて酸素を貪る。彼は琉生の頰や髪に何度も優しく口付けてくれている。

『貴秋より先に好きになった』という言葉に謎を感じながらも、どこかで琉生は納得していた。

どうしてなのかはわからないが、初めて会ったときから悠人はとても親切だった。貴秋に締め出されたとき、悠人が帰ってくれれば必ず助けてくれるはずだと思うほど、彼の好意を琉生は認識していたのだ。

『好き』という言葉を不思議なくらいすんなりと受け止められる。一億円という落札代がなくとも、琉生は悠人のキスを拒むことができなかっただろう。

「熱いな……もうぐしゃぐしゃだし、本当にシャワー浴びちまうか」

そう耳元で囁かれ、え？と思う間もなく琉生は悠人の膝から下ろされた。

確かに、シャワーを出しっぱなしで湯気の籠もるバスルームでキスをしていたからか、上半身は汗に濡れ、琉生のチノパンも悠人のスラックスもすっかり皺になってしまっている。

さっさとスラックスと下着を脱いだ悠人は、ドアを開けてそれを脱衣籠に放り込む。

「ほら、早くしろよ。暗いから恥ずかしくないだろ。それとも服のまま浴びたいのか？」

急かされて、慌てて琉生もチノパンを脱いだ。

全裸になるとすぐ、肩から熱いシャワーの湯が降り注ぐ。

目の前でシャワーを向けてくる裸の悠人に、どこを見ていいのかわからず目を逸らす。

シャワーヘッドをフックにかけた悠人は、ボディーソープを手で泡立てると、琉生の躰を洗い始めた。

「ひゃっ！　あ、あの、自分で」

「俺がしたいんだ。させてくれ」

真面目な声で言われて、抗えなくなった。

両手を胸元でそれぞれ握り締め、泡塗れの悠人の手が肌を何度も撫でるのを耐える。

耳の後ろから足の先まで丁寧に洗ってくれる悠人の手は優しく、性的な意図は感じない。胸にも尻にも触れはしたものの、純粋に『洗う』という行為だけで彼はなにもしてはこない。

それなのに、自分の躰の変化に琉生は焦っていた。

（どうしよう、なんかおれ……）

大きな手が滑らかな泡を伴って肌に触れるたび、ずくんとペニスに血が集まる。躰中が泡塗れなのですぐにはわかり辛いが、明らかに反応してしまっている。

手早く自分の躰を洗っている悠人の様子をちらりと見る。

（どうか、気付かれていませんように……）

願いながら、琉生は必死に曖昧な熱が収まってくれるのを待った。

自分の躰の異変に気付いたのは、悠人の部屋に居候をするようになってからのことだった。

おかしなジェルを塗られて、ステージで射精する姿を晒されたあのオークションの夜。そして、その次の二日間は貴秋によって昂ぶらされていたので、気付かなかった。

なにもされずに夜がくると、躰が熱く、たまらないくらいにペニスが疼き始めるのだ。

悠人の部屋では、固辞したが押し切られて琉生はベッドを借り、彼はソファベッドを使った。昨夜はどうしても耐え切れず、深夜に悠人に気付かれないようにトイレで抜いた。

いままでの、月に数回程度しか自慰をしない淡泊さから考えても、明らかにそれが異常な状況であることはわかっている。

いつになったら元の自分に戻れるのか。琉生は不安でたまらなかった。

「あっ!?」

突然、泡塗れのペニスを大きな手で握り込まれ、琉生の肩はびくんと跳ねた。

「……大丈夫だ、なんにも酷いことはしないから。力を抜いて、お前は気持ち良くなってりゃいい」

耳に顔を寄せた悠人に囁かれる。項に手をかけて引き寄せられ、頭を肩に乗せられると同時に、彼の手は優しく琉生のペニスを慰め始めた。

「ぁ、はっ……は、ぁ……ん……っ」

シャワーの音に紛れ、琉生は耐え切れない喘ぎを漏らす。

怖いくらい的確に感じるところを責めてきた貴秋とは違い、悠人の手の動きは武骨で、どこかたどたどしいものがある。けれど、泡の滑りを借りてぬるぬると扱くその不器用な手に、琉生は足の付け根が痛くなるほどの快感を覚えた。

頬と耳にキスをされ、悠人の熱い息を感じながら敏感な性器を少し扱かれただけで、もう限界だった。

「も、ダメだ、手、はなして……!」

必死に言うと、悠人は逆に手の動きを速めてくる。

「あ、は、あぁ……っ!!」

睾丸とペニスを纏めて揉まれて、堪える間もなく彼の手の中に射精する。

心臓の拍動と同じリズムで吐き出されるその滴を、悠人は最後まで丁寧に扱いて吐き出させてくれた。

「……いっぱい出たな。気持ち良かったか？」

ぐったりとして悠人に抱きかかえられていた琉生は、ハッと我に返った。

「あ、あの、ごめんなさい」

「なに謝ってるんだ？　俺が勝手にしたことだろ？」

笑って手を洗うと、悠人はシャワーヘッドを取った。熱い湯で彼は二人分の躰の泡を流してくれる。怒っていない悠人にほっとした。

流し終えるとシャワーを止め、悠人はドアの横のラックに積まれていたバスタオルを取る。柔らかな肌触りのタオルで琉生の躰を包んでくれた。

「こんなにされて……謝らなきゃならないのは、俺のほうだ」

貴秋に吸われて赤く色付いた乳首に触れられる。

「あ……」

腫れたそこを労わるように優しく指で弄られ、むず痒いような刺激に琉生の乳首はすぐ

にぷくんと硬くなった。

もう一度、ごめんな、と言われ、琉生のくちびるはそっとキスで塞がれた。

「ん、っ……ん、は、」

口の中を熱い舌に掻き回されながら、悠人に胸を優しく嬲られる。

その手は、くすぐったいぐらいに穏やかに平らな胸板を撫で、尖った乳首を掠めるように触れるだけだ。

まるで、甘い拷問の火にちろちろと炙られているみたいだった。

無意識に逞しい腕に縋り、琉生はその刺激に耐えた。

「めちゃくちゃ感じやすいんだな、お前……」

くちびるを離した悠人に感嘆したように言われて、見下ろす。肩からかけたバスタオルの間から見える琉生のペニスは、性懲りもなくまた緩く上を向いている。

「違う、あの、これは……！」

(これはあのときのジェルのせいで、おれの躰はいつもこんな風なわけじゃ――)

恥ずかしくて、とっさにタオルを引っ張って琉生は前を隠す。

どう言おうか悩んでいると、悠人の逞しいペニスが真上を向く勢いで勃ち上がっているのが目に入る。カッと頬が熱くなった。

「隠さないでくれよ。見たいんだ、可愛いお前を」

羽織ったタオルの前を悠人にそっと開けられる。

首筋に口付けられ、それから胸に顔が近付いてきた。

「あっ！」

ぬるりとした感触に、思わず声が出た。

一歩下がると、バスルームの壁に背中が触れる。追い詰められて、これ以上逃げるところはない。琉生の乳首に舌を這わせた悠人は、キスをしてはちろちろとそこを舌の先で舐め回す。

その小さな部分を舐められているだけなのに、磔にされたように琉生は動けなくなった。

「……っ、……ぁ」

口を押さえて必死に声を殺す。敏感な胸には熱い吐息がかかる。

噛むことはせず、ただ優しく舐める悠人の熱い舌に、甘い痺れが背筋を這い上った。

両方の胸が彼の唾液で濡れる頃には、息も絶え絶えになり、琉生はずるずるとその場にしゃがみ込んでしまった。

「おい、大丈夫か？」

悠人も慌てて膝をつく。

「のぼせたのかもな。もう出よう」

琉生の躰を手早くタオルで拭くと、悠人は自分の腰に別のタオルを巻きつけた。

悠人の部屋まで戻ると、琉生はタオルを巻いたまま、ふらふらとベッドに腰を下ろした。

「ほら、飲んだほうがいい」

ミネラルウォーターのボトルを渡され、冷たい水をごくごくと飲み干してようやく一息つく。ボトルを捨ててくれた悠人は、ハンガーにかけたジャケットのポケットから、小さな丸い入れ物を取り出した。

「服を着る前に、山口から預かった薬を塗ってやるから」

「薬って……？」

琉生は首を傾げた。

「皮膚の腫れに効く塗り薬だよ」

そう聞く前に、悠人は琉生のバスタオルを開いた。

（まさか……尻の……？）

「え!? あ、ちょ、ちょっと、待って……！」

まだ完全に治まっていないペニスを見られたくなくて、慌てて後ろを向く。

「こら、座ってたら塗れないだろ？　そのままうつ伏せになれよ。そう……膝を立てて、もうちょっと足を開いてくれ」

もそもそと動いて、悠人に言われた通りの格好になった。

「じゃあ、塗るからな」

ぬるっとした感触がして、悠人の手でまだ赤くなっているだろう尻に薬を塗られ始めた。

微かにミントの香りのする塗り薬は、ひんやりとしていて確かに効果がありそうだ。

バスルームとは違って悠人の部屋は煌々と明かりが点いている。ベッドにうつ伏せて膝を立て、腰だけを上げたこの体勢は、よく考えてみると異常に恥ずかしい。腫れの残る尻どころか、その狭間にある後孔から、ぶら下がっているペニスまで、後ろにいる悠人からは丸見えだろう。

早く終わってほしいと願いながら、琉生は焼けそうな羞恥をベッドシーツに頬を埋めることで耐える。

丁寧に薬を塗り終えると、悠人は「こっちにも塗ったほうがいいか？」とそっと琉生の尻を両手で開いた。

「あぁ、こんな狭いところに……痛かっただろ？　可哀想に」

意味のわからない言葉に振り返ろうとして、琉生は衝撃に身を強張らせた。

「ひっ、あ!?」

ちろり、と後孔に生温かい感触がある。

悠人が、その場所に舌を這わせているのだ。

仰天して腰を捩って逃げようとすると、彼は琉生の勃ちかけたペニスに手を伸ばした。

敏感な場所を柔らかく握られて、がくっと膝の力が抜ける。

「逃げないでくれ、あいつみたいに、酷いことも痛いことも絶対にしない。ただ、俺は、お前に詫びたいだけなんだ」

「詫びるって、なにを……ひゃっ！」

ペニスから手を離した悠人は、腹をべったりとベッドにつけた琉生の尻を両手で割り開き、本格的に舌を這わせ始めた。

「あ、や、やだ……そこ、は……」

拒否の言葉を呟きながら尻を捩って逃げようとする。だが、がっちりと琉生の腰を掴んだ悠人の手は全く緩まない。そこからは、次第にむずむずとした堪え切れないような、未知の感触がわき起こる。

小さな蕾を舐め、時折悠人は舌を差し入れてくる。ぴちゃぴちゃと耳に届く水音と、下肢から立ち上る電流のような刺激に翻弄される。腰が溶けてしまいそうな快感だった。

(どうしよう、こんなことされて……こんなに気持ちいいなんて)

いつしか琉生の腰は浮き上がり、もどかしく揺れ始める。

絶対に悠人の前ではダメだ、と戒めていた手が、震えて勃ち上がるペニスに伸びた。

濡れた先端に触れてしまえば、もう止まらなかった。額をベッドシーツに擦りつけたまま、琉生は必死で手を動かす。発情期の動物になったみたいに、感じたことのない衝動に突き動かされ、自然に尻を高く掲げる。

「は、ぁつ、はぁっ」

尻の間を悠人の舌に犯されながら、くちゅくちゅと音を立てて、琉生は自らの欲望を夢中で慰め続けた。

悠人は、その淫らな自慰行為にすぐに気付いたようだった。

「気持ち良いのか？　なんてことだ、あいつに、もうそこまで仕込まれちまったなんて」

苦しげに言う悠人に、躰を丁寧に仰向けにされる。

ライトに照らされることが恥ずかしくて、琉生は片方の腕で顔を隠した。

「俺がしてやるから」と囁かれ、ペニスを握っていた手をそっと外される。

衣擦れの音がして目を開けると、悠人が自らの腰のバスタオルを取り払っているのが目に入った。

琉生のピンク色のペニスに、悠人の赤黒く長大なペニスが重ね合わされ、ゆるゆると擦られる。

最も敏感な場所に熱く濡れた硬いものが触れ、大きな手で強く扱かれる感覚は、あまりにも強烈だった。限界を感じて、琉生は両手で顔を覆う。

「は、ぁ、あ、あぁ……っ！」

もう声を押し殺すという考えすら浮かばない。あっという間に頂点に追い上げられる。

頭を仰け反らせて、琉生は悠人の手に二度目の少ない蜜を吐き出していた。

ぐったりと四肢を伸ばす。胸を喘がせていると、「琉生」と呼ばれて目を開けた。昂ったままの自らのものを手で扱いている悠人が、琉生の萎えたペニスにその先端を擦りつける。

悠人の視線には、琉生に対する明らかな欲情が燃えている。

――このまま、かけられるのだ。

気付いてぞくりとした瞬間、彼は呻き、熱い飛沫が琉生のくったりとしたペニスから腹にかけて勢いよく飛び散った。

最後の一滴まで腹の上に出されて、奇妙な快感に琉生はぶるりと身を震わせる。

優しく頬にキスをされ、腹の上を拭われているうちに、頭にはようやく冷静な思考力が戻ってきた。

「あの、ご、誤解です……」

琉生は身を起こすと、どうにか口を開いた。

「え？　なにがだ？」

怪訝そうな悠人に、必死に言葉を選んで説明をする。

「おれ……その……後ろ、は、貴秋さんには、……なにも」

「えぇっ!?　そうなのか、俺はてっきり……ごめんな、早とちりしちまった」

僅かに頬を赤らめて言う悠人に首を振った。

舐められている途中に、悠人が誤解していることには気付いた。彼は、琉生が貴秋にその場所を犯されたのだと思い込んでいたのだ。だが、互いに興奮し切っている状態ではされていないという事実をうまく説明することができなかった。

ごめん、と申し訳なさそうに謝る悠人に、恥ずかしくて頬が熱くなる。

触れる悠人の手には、終始、優しさと、琉生への想いが込められていた。

おやすみと囁いて頭を撫で、離れていく悠人の手に、寂しさすら覚える。

人見知りの自分が、こんなにも簡単に心を許してしまったことが、琉生は不思議だった。

翌朝、悠人と琉生がダイニングルームに入ると、貴秋の姿はなかった。

「今日は貴秋様は出勤されないそうです」

二人分の朝食を用意してくれながら山口は言う。

今日も朝食のメニューは和食だ。

全てを準備して山口がキッチンへと戻ると、味噌汁を飲んでいた悠人は笑った。

「絶対、昨日俺達が一緒に風呂に入ったのを怒ってるんだぜ。拗ねて会社休むなんて、あいつも子供だな」

「でも、そういえば……昨日、ドアの前で話しかけられたとき、少し元気がなかったかも」

ふと思い返しながら琉生が言うと、悠人は顔を顰めた。

「じゃあ、もしかしたら熱が出たのかもな。貴秋は季節の変わり目にはよく体調を崩すんだ。朝食だけは一緒に食べるようにっていうのは祖父さんの遺言だから、あいつが仕事とか、やむを得ない理由以外でそれを破るわけないし」

貴秋の祖父をよく知っているような悠人の口調に、琉生は首を傾げる。

（あれ？　ということは……この二人、もしかして）

ぼんやりと頭に浮かんだ思考が形を成す前に「うわ！」と悠人がいきなり立ち上がった。

「やべえ、今日朝イチで会議だったんだ。っと、お前はこの家から出るなよ？」

慌ただしくジャケットを羽織り、琉生に釘をさすと彼は急いで出かけていった。

その日は、何事もなく穏やかに過ぎた。

別段することもなく、悠人の本棚を眺め、気に入った本を見つけては読み耽る。

部屋にはコーヒーメーカーもあり、昼食は山口が用意してくれた。外に出かけなくとも特に不自由はなかった。

午後も過ぎ、少し暇になってきたので「なにか手伝うことありませんか？」と掃除をしている山口に聞くと、「私の仕事がなくなってしまいますので」と笑顔で断られてしまった。

つまりは、不要ということだ。

貴秋の様子も気にはなるが、山口もいることだし、自分が手出しをする必要はなさそうだ。

そのときは、琉生はそうのん気に考えていた。

＊

「――え？　あいつ、昼も夜も食ってないのか？」

帰ってきた悠人は、夕食の用意されたダイニングテーブルにつくと驚いた顔で言った。

「えぇ、朝フルーツをお持ちしたんですが、それも召し上がらなくて」

空いている貴秋の席を見ながら、山口は心配そうに言う。

「あの……おれ、和食じゃなくても全然いいので、貴秋さんの好きなものを作ってもらったほうが」

恐縮して言う琉生に、悠人は首を振った。

「いや、その心配はいらない。だがな、丸一日食わないなんて……ハンストにしては長いよな」

「お部屋にも入れてもらえないので、熱を測ることもできないんですよ」

困り切った様子の山口に、悠人も悩んでいるようだ。

「うーん……明日になったら、腹が減ったってケロッとして出てくるといいんだけどな」

三人で悩んだまま夕食を終え、二人は悠人の部屋へ戻る。

「山口と俺でなんとかするから、お前は心配しなくていい」

眠る前に悠人にそう言われて頭を撫でられたが、貴秋の体調不良は明らかに琉生達の芝居のせいだ。やり過ぎたのかもしれない。琉生は、悠人と一緒になって仕返しのように貴秋に当てつけたことを後悔していた。

その夜はうまく寝付けず、悠人もなかなか眠れていないようだった。

翌朝、貴秋が起きてくることを願って悠人と共にダイニングルームに向かう。

だが、そこには困り顔の山口だけがいて二人を待っていた。

「貴秋様は、今日もお休みされるそうです。来客を二件、会議を一件、キャンセルされるそうで……」

「具合はどうなんだ？　そんなに食ってないなんて、点滴でもしてやったほうがいいんじゃないか？」

悠人が聞くと、山口は首を振った。

「入ってくるなと言われて、ドアを開けてもらえないんです。こんなこと初めてで、いったいどうしたらいいのやら」

溜息をつく彼に、悠人と琉生は顔を見合わせる。

「……あいつ、百引屋のフルーツなんとかっていうプリン好きだったよな。帰りにそれ買ってきてみるよ」

悠人がそう言うと、山口は硬い表情を僅かに緩めた。

「あぁ、そうでしたね。でも、それなら私がいますぐ買いに行きますよ。お渡しするのは、できれば琉生様からがよろしいかと存じます」

「え、おれ、ですか？」

突然話を振られて琉生は目を丸くする。

貴秋の絶食の元凶は、そもそも自分だと思う。

そう考えると、琉生が行くことは逆効果になりはしないだろうか。

「貴秋様は、琉生様が大層お気に入りのご様子なので、琉生様の差し入れならばきっと召し上がる気がします」

山口は悠人と琉生の朝食を用意すると急いで出かけていった。

「お前が差し入れしてあいつの体調が戻るんならありがたいけどな。食べさせようとして無理はするなよ？　怒ったら貴秋はなにするかわからないところがあるからな」

ジャケットを羽織りながら悠人は心配そうに言う。

「大丈夫です。それに、山口さんでダメなんだから、おれが行ったたって開けてくれないかもしれないし」

そう言うと、何故か苦笑いをして悠人は出勤していった。

溜息をついて顔を上げると、ソファに座らせた真っ黒な瞳と目が合う。

一緒に悠人の部屋に居候中の、貴秋からもらった大型のクマのぬいぐるみが、琉生に笑いかけていた。

一時間も経たないうちに帰ってきた山口は、貴秋の好物を山ほど買ってきていた。

悠人の言っていたフルーツの載った彩りの綺麗なプリンに、無理を言ってテイクアウトしてきたという近所のカフェの名物である分厚いホットケーキ。

他にも飲み物や薬やらをぎりぎり持てる分だけトレーに積んで、琉生は廊下の一番奥にある貴秋の部屋の前に立った。

『どうかよろしくお願いします』と自分の父親ほどの年齢の山口に深々と頭を下げられれば、どうにかして貴秋に食べてもらわねばなるまい。

トレーをドアの脇に置き、緊張しつつ小さくドアをノックする。

何度かそれを繰り返しても、部屋の中はしんとしていてなんの音も聞こえない。

(眠ってるのかな……?)

「貴秋さん……?」

名前を呼ぶと、ガタ、と中で物音がした。

衣擦れの音のあと、しばらくして「……琉生？」と貴秋の声がする。

「はい、あの、具合、どうですか？」

「……別に。普通だよ」

不機嫌そうな寝起きらしい声に、琉生はつい怯みそうになった。だが心配そうな山口の顔が思い浮かび、勇気を振り絞る。

「山口さんがいろいろ買ってきてくれたんで、なにか食べられるものないかなって」

「……なにかって、なに」

「あの、……プリンとか、ホットケーキとか」

しばらく待っていると、ドアがカチャリと小さな音を立てた。鍵が開いたらしい。

「失礼します……」

どきどきしながらドアを開ける。

薄いカーテン越しに、午前中の清潔な光が部屋に差し込んでいる。

初めて入る貴秋の部屋は、悠人の部屋の倍は広い。角部屋らしく、二面が大きな窓になっている。

白を基調とした家具が配置され、奥に置かれたキングサイズベッドに上半身裸の貴秋が起き上がっているのが見える。

だがそこには、琉生が想像もしなかった光景が広がっていた。

ベッドの周りには、枕元を覗き込むように、キリンや象や、パンダ、クマなど、それぞれが一メートルを超えるかなり大きなぬいぐるみ達が立っている。さながら動物園のように賑やかだ。あのベアーズランドで買った一番大きなクマもいて、枕元のど真ん中にぽてりと座っている。

貴秋のイメージにぴったりと合った部屋のスタイリッシュさと、相反する可愛らしいぬいぐるみ達を目にして、琉生はぽかんと口を開けて立ち尽くしてしまった。

（おれ、ここに入っちゃって、よかったのかな……？）

なんだかものすごく、見てはならないものを見てしまったような気がする。

「……なにしてるんだよ、早く入ったら」

怒られて、琉生は慌てて重たいトレーを持ち上げた。室内に入ると背後でカチリと鍵がかかる。ベッドでリモコンを操作した貴秋の様子を見ると、どうもこの部屋のドアの鍵は自動のようだ。

ベッドに近付き、サイドテーブルにトレーを置く。

ふと見れば、貴秋は下肢にもなにも身に着けてはいない。そういう習慣なのか、彼は全裸で眠っていたようだ。引き締まった若い肉体はジムにでも通っているらしく美しく筋肉が浮かび上がっていて、悠人ほどではないものの、意外なほど逞しい。なにも身に着けずに白いシーツの上に座っていると、さながら休憩中の天使像のようだ。

目のやり場に困って琉生が俯くと、貴秋はトレーを覗き込んで「あ」と呟いた。

「百引屋のプリンだ」

「はい、山口さんがさっき買ってきてくれたんです。これなら、食べられそうですか？」

「……食べさせてくれるんなら、食べてもいいよ」

予想もしなかったことを言われ、「は、はい、じゃあ」と琉生はベッドに腰掛け、スプーンとプリンを手に取った。

(うまくできるかな……おれ、すごく不器用なんだけど)

人に食べさせることなど、一人っ子の琉生には初めての経験だ。

間近に来た貴秋は、眠り過ぎなのか少し瞼が腫れ、髪も寝ぐせがついてくしゃくしゃになっている。よく見ると、綺麗好きな彼にしては珍しく僅かに無精ひげまで生えている。

世間の羨望を集めている完璧王子の姿は、いまは見る影もない。

苦笑する余裕もなく、琉生は恐る恐るプリンをスプーンですくって差し出す。彼は大人しく口を開けて食べた。雛鳥のように口を開ける貴秋に、琉生は一口ずつプリンを食べさせた。

「——もういい」

一個食べ終えると、貴秋は顔を背けてベッドに潜り込んだ。

「え？　まだ、他にも……」

「もうお腹いっぱいになったからいらない」

せっかくこんなにたくさん買ってきてくれたのに、プリン一つしか食べてもらえなかった。山口になんと言おうかと落胆しながら、琉生はベッドから降りる。

「……どこ行くの」

いきなりシャツの裾を掴まれて、琉生は振り返った。

「行かないでよ」

子供みたいな拗ねた顔で必死にせがまれて、琉生はおずおずとベッドに腰掛ける。

「なにか他に欲しいものとか、ありますか？」

「……ここで、琉生に一緒に寝てほしい」

琉生がなにかを言う前に、貴秋は「なにもしないから」と付け加えた。

「眠れないんだ」

切羽詰まった顔で言う彼に、困って目を泳がせると、サイドテーブルには薬らしきパッケージと水が載っている。彼の体調が悪いのは、恐らく本当のことなのだ。

悩んだ末に、琉生はもそもそとスプリングの効いたベッドに上がった。

琉生が隣に横になると、その日初めて、貴秋は嬉しそうな顔を見せた。

「抱きついてもいい？」

そう聞かれ、琉生が答える前に、彼は勝手に腹のあたりにしがみついてくる。

くんくん、と何故か服の匂いを嗅がれ、なにかされるのかと思わず身を硬くする。

ぎゅっと、貴秋は強く琉生の脇腹に額を押しつけてきた。

大人しくされるがままになっていると、数分も経たないうちに寝息が聞こえてくる。

琉生は呆気にとられて貴秋の頭を見下ろした。

（もしかして、……不眠症なのかな……）

彼の体調は心配だったが、やはり主に精神面の問題だったようだ。

悠人と琉生が一芝居打って彼の高い自尊心を粉々に砕いてしまったことが、一番の原因なのだろう。

だが、自信満々だったいままでの貴秋とは違う彼の顔を見て、琉生は奇妙にほっとしていた。

意味不明の行動と強烈な我儘は、以前に琉生が姿だけを見て憧れていたときには考えつかないほど自己中心的で子供っぽい。

けれど虚構の綺麗な仮面の下に本当の顔を隠していた頃の貴秋は、一緒にいてもどこか遠い存在だった。

初めて彼が二十五歳の年齢相応の青年に見える。不思議なことに、こんなにも我儘でめちゃくちゃで、切羽詰まった様子で甘えてくる彼のほうが、琉生には何倍も可愛く思えた。

既に熟睡している様子の貴秋は、ぎりぎりと歯ぎしりまでして、まるで悪夢でも見ているみたいだ。どきどきしながら、起こさないように琉生はそっとその髪を撫でる。柔らかくて、気持ちが良かった。しばらくそうして撫でていると、いつしか歯ぎしりは止まり、強張っていた貴秋の肩から力が抜けるのがわかった。

すー、すー、という穏やかな寝息にほっとする。

途端に、唐突な眠気に襲われ、昨夜殆ど眠れていなかったことを思い出す。

腹にしがみつく温かさに誘われ、うとうとと琉生もまた目を閉じた。


（あったかい……）

久し振りの心地良い眠りから、貴秋は自然に目を覚ました。

温かくて、柔らかい。いい匂いのするものに頬が触れている。

ゆっくりと顔を上げると、自分が抱きついて眠っていたのが、篠田琉生の腹であること
に気付いて貴秋は目を丸くした。

（あ、そっか、プリン持ってきてくれたんだっけ……）

彼は貴秋の頭に腕を回し、腹に抱え込むようにして、どうやら寝入っているらしい。

琉生を起こさないようにそっと腕の間から逃げると、貴秋はゆっくりと躰を起こした。

時計を見れば昼前で、眠っていたのは二時間程度のようだ。

ここ数日苛々して眠れず、無理に薬を使って眠ったら酷い頭痛に襲われて、体調は最悪
だった。だが先ほどは人の体温がそばにあったせいか、驚くほど気持ち良く熟睡できた。

（のん気な顔しやがって……）

全く起きる気配のない琉生は、ピンク色のくちびるを少しだけ開け、長い睫毛を伏せて無邪気な顔ですやすやと眠っている。起きているとおどおどとした大きな瞳の印象が強いが、眠っているとそのパーツの配置が完璧で、非常に綺麗な顔立ちをしていることがわかった。

（大学のときには、気付かなかったな……）

無垢な琉生の寝顔を見下ろしながら、貴秋はぼんやりと数年前のことを思い出していた。

学生時代、悠人が琉生を気にしていたことは知っていた。

帝都大に合格した貴秋は、帝都大法科大学院に進んだ悠人と一年だけ同じ敷地内に通うことになった。当時まだ存命だった祖父は、自身が卒業した大学に孫二人が進んだことをとても喜んだ。月に数度は二人と構内で待ち合わせをし、思い出話をしては食事を御馳走してくれた。

自分の家族が大嫌いだった貴秋が、唯一懐いていたのが祖父だった。嫌だとは言えず、そのときだけは悠人とそれなりに会話を交わして、どうにか祖父の望む団欒を取り繕った。

祖父のお気に入りの待ち合わせ場所は、図書館だった。

隣接する大学院から足を伸ばし、先に来ていた悠人は、いつも本を読まずにぼんやりとなにかを見ていた。

数回同じような光景を目にするうち、彼の視線の先にあるのが、いつも机に齧りついて勉強しているメガネをかけた酷くダサい感じの青年であることに貴秋は気付いた。そのときには、内心で笑いが止まらなかった。

——女を連れてこないと思ったら、そういう趣味だったのか、と。

からかってやるために、貴秋がその青年の素性を調べようとしたとき、ちょうどアメリカに留学することが本決まりになった。そのまま忙しくなって、面接のために琉生が現れて履歴書を目にするまで、彼のことはすっかり忘れていたのだ。

落札した琉生を自分で飼おうと思ったのは、勿論、悠人への当てつけからだった。

彼が悠人の昔の想い人であることに気付かなければ、恐らく興味の欠片もわきはしなかっただろう。

けれど、そうして狙いをつけた琉生は、手に入れてみれば貴秋の予想とは全く違う反応を見せた。

他の女達のように簡単に手の中に落ちてきて、貴秋をアクセサリーのように見せびらかしたり、なにかを買わせようと財布代わりにすることは一度もなかった。わざと無一文にさせておいた彼が貴秋にねだったのは、最低限の下着と、それから世話になった山口へのおみやげだけだった。

（いつからだろう、本当に興味がわき始めたのは……）

ゲストルームには極小の監視カメラが備えつけられている。夜眠る前にそれをチェックしたとき、琉生はぼそぼそと独り言を言っていた。

『おはよう』『少し伸びた?』という謎の言葉に首を傾げる。しばらくして、彼が窓際に置かれた観葉植物に話しかけていることがわかって貴秋は噴き出した。

だが見られていることを知らない彼は、まるで人と会話するように植物に話しかけている。

ヘンな奴だと思いながらも、貴秋は何度も繰り返しその動画を見た。一緒にいないときの姿も見たくなって、トイレとバスルームにもカメラを仕掛けようかと考え始めたとき、いつの間にか琉生がどうしようもなく気になっている自分を貴秋は認めるしかなかった。

(本当は、僕のものにして、それから、使い古しのお下がりを悠人にくれてやろうと思ってたのに……)

自分にSの性向があることは気付いていたが、いままで誰にもそれをぶつけたことはなかった。けれど、琉生ならそれを受け止められるような気がしたのだ。

尻を思うさま叩いても、邪魔な毛を剃り落としても、頬を赤くして震えながら大人しく言うことを聞いていたくせに、放したら彼はあっさり悠人のところへ行ってしまった。

彼らが一緒にシャワーを浴びていたのを見たときには、屈辱のあまり殺意が芽生えたくらいだ。

(本当に、こいつ、ムカつくよな……)

気持ち良さそうに寝入る琉生の、鼻と口を摘まんでやりたい。

どうして自分のところから逃げ、悠人のところに行ったのか。

追い出したことは棚に上げ、勝手に憤りながら、貴秋は琉生の寝顔をじっと見つめた。

ピンク色のくちびるは舐めたのか濡れていて、見ているうちにじわりと欲を感じる。

(あぁ、そうか。琉生に逃げられてから、苛々して抜いてないから……)

無防備なこの口に突っ込んで、無茶苦茶に掻き回し、最後の一滴まで無理に飲ませたい。

そんな苛烈な欲望が頭を過ったが、実行はせず、貴秋は硬くなりかけたペニスを自分の手で包んだ。

熟睡している琉生の寝顔を見ながら、そのくちびるに擦りつける妄想を思い浮かべて、ごしごしと強くペニスを扱く。

隣でそんなことをされても、よほど睡眠不足なのか彼は起きる気配すらない。

もしかしたら、昨夜も悠人は琉生とセックスしたのかもしれない。気に入ったから、ゆっくりとことを進めようと、くちびるだけを奪って満足していた自分の間抜けさが憎い。

彼らの行為を想像するだけで、貴秋の胸には痛いくらいの嫉妬が渦巻いた。

(……琉生、琉生、どうして僕を好きにならないんだよ……!)

――こんなに好きなのに。

はぁ、はぁ、と抑えた荒い息を吐きながら、幹を扱るように幾度も擦り、先端を指先できつく刺激する。限界を感じて、喉の奥で呻きを殺しながら、貴秋はティッシュペーパーでペニスを包んで吐き出した。

本当は、わかっているのだ。何故、琉生が悠人のところへ行ったのか。

悠人のほうが優しい。彼のほうが貴秋より人間ができている。

悠人が悪いわけではないとわかってはいても、貴秋は彼を憎んだ。そうしなければ、気持ちの持って行きどころがなかったのだ。それでも彼は、文句一つ言わず貴秋の八つ当たりを淡々と受け入れていた。親の代わりに不遇の弟に贖罪するかのように。

彼が本気で牙を剥いたのは、貴秋が琉生を弄んだときだけだった。

虚しい自慰を終える。寂しくて、眠っている琉生に無性にキスがしたくなった。

だが、また逃げられたらと思うと、貴秋は彼に触れることができなかった。


(お腹空いたな……)

空腹を感じて琉生はぼんやりと目を覚ました。

見知らぬ天井に瞬きをしていると、「おはよう、よく寝てたね」と声をかけられて飛び起きる。

いつの間に起きたのか、貴秋は窓際のライティングテーブルに向かって座り、ノートパソコンを弄っていた。シャワーを浴びたらしく、既に寝ぐせも消え、すっきりとした様子の彼はスーツに着替えている。

慌ててベッドから降りると、琉生はスリッパを履いた。

「あ、お、おはようございます。具合、どうですか？」

「うん、いまはいい感じ。持ってきてくれたホットケーキも食べたし。冷めちゃってたけど、美味しかったよ」

トレーの上の皿は確かに空になっていてほっとする。山口の喜ぶ顔が目に浮かんだ。

「二日も休んで仕事溜まっちゃったから、これからちょっと会社に行ってこようと思って」

「え、でも……ほんとに大丈夫なんですか？」

「――心配してくれるの？」

琉生の問いかけに、手を止めて貴秋はこちらを見た。

「勿論、おれも山口さんも……その、悠人さんも。みんな、ものすごく心配してたんですよ」

琉生が言うと、貴秋はふうん、と薄く笑った。

パソコンを閉じ、立ち上がって琉生の前まで来ると、彼はポケットからなにかの鍵を取り出した。

「これ、ゲストルームの鍵。僕はこれ以外の鍵を持ってないから、勝手に開けることはできない。……悠人の部屋に二人じゃ狭いだろ？　買った服もそのまま置いてあるから、よかったらまたあの部屋を使ってよ」

「あ、ありがとう、ございます」

どういう風の吹き回しなのか、困惑しつつも琉生はそれを受け取る。

「……あのさ」

「はい？」

珍しく歯切れの悪い貴秋の問いかけに、琉生は彼を見上げる。

彼の頬は薄らと赤い。やはり、まだ体調が優れないのではないだろうか。

琉生が大丈夫かともう一度聞こうとしたとき、貴秋が先に口を開いた。

「あのさ、出かける前に、キスしてもいい？」

「え……」

予想外のことに琉生は戸惑う。

「寝てる間にしちゃおうかと迷ったけど、起きてから聞こうと思って待ってたんだ」

お願い、と言われて頭が混乱する。

彼は一億円という落札代を笠に着て、琉生に有無を言わせず好き放題なことをしてきた。

服を奪われ、下の毛を剃られて、尻を叩くという苛烈なお仕置きまでされたのだ。

（なのに、今更『お願い、キスさせて』って言われても……）

見下ろしているのに、何故か上目遣いの貴秋は、じりじりしながら琉生を見つめている。たった一個のプリンと数時間の添い寝だけで、すっかり元気を取り戻している彼を見ていたら、急に馬鹿らしくなってきた。

「キス……しても、いいですけど」

「けど、なに!?」

鼻息も荒く問いかける貴秋に、つい苦笑が漏れる。

「もう、ハンストは、しないでくださいね。山口さんのほうが先に倒れちゃいそうだから」

「わかってる。ちゃんとあとで謝っとくよ」

琉生が言うと、貴秋は拗ねたように眉を顰めた。

頤《おとがい》に指をかけられ、琉生はどきどきしながら大人しく目を閉じる。

(え……？)

柔らかい羽根で撫でるように一瞬触れただけで、貴秋のくちびるは離れた。

「……も、もう一回、してもいい？」

躊躇いながらおずおずと琉生が頷くと、今度はさっきより少しだけ強く、貴秋はくちびるを押しつけてきた。

もう一回、と三度目のキスで、彼はようやく軽く舌を絡めてきた。

「ん、…っ」

くちゅ、と舌同士を触れ合わせ、優しく擦り合わせる貴秋に、甘く吸い上げられる。熱い手のひらで項をそっと撫でられて、琉生は曖昧な快感に緊張が解けていくのを感じた。

それは、いままでにした貴秋との理性を吹き飛ばすような激しいキスに比べたら、まるで別人みたいに遠慮がちな、琉生の気持ちを確かめながらの口付けだった。

(この人、いったいどうしちゃったんだろう……?)

あんまりにも礼儀正しいキスに謎を感じながら、琉生は、頬を染めて満面の笑みで出かけていく貴秋を見送った。

＊

夕食後、琉生がゲストルームに移ることを伝えると、何故か悠人がついてきた。

「貴秋となにかあったのか？」

ゲストルームのベッドに連れてきたクマのぬいぐるみを寝かせながら、悠人は聞いた。

貴秋が買ってくれた服を片付けていた琉生は「え？」と首を傾げる。

「食べ物を持って行っただけなんだろ？　なのにあいつはこんな時間まで仕事できるくらい、いきなり元気になってる。しかも、一度取り上げたゲストルームの鍵を返してくるなんて、貴秋にしたら相当な譲歩だ。……なにか、されたんだろ？」

「なにか、っていうか……」

――添い寝をして、三回キスをした。

(言っても、悠人さんは怒らないかもしれないけど……)

なんとなくどれも言い辛い。

「お前が、嫌なことされてないんだったら、別にいいんだけどな」

「……嫌なことは、されてないです」

「そうか」と悠人はどこか腑に落ちない顔で部屋を出て行こうとした。

だが、出て行く寸前で彼は何故かドアの前で立ち止まった。

「……やっぱり、ダメだ」

突然踵を返した悠人に、両肩を強く掴まれる。

（い、痛……！）

「山口が、貴秋の部屋からお前が戻ってくるまで三時間以上もかかったって言ってたぞ。心配で、よほど様子を窺いに部屋に入ろうかと思ったって。……そんなにあいつの部屋で、いったいなにしてたんだ？」

責める口調で言われて、肩の痛みと困惑に琉生は眉を顰めた。

「なにも……、ただ、プリンを食べてもらって、それから、眠れないそうなんで、その、添い寝をしてるうちに、おれまで寝ちゃって……」

「添い寝!?」

悠人は呆気にとられた様子だ。

肩を離されて、琉生はホッと息を吐く。

「他には？　本当に、性的なことはなにもされてないんだな？」

「あ、あの、……キスだけ……」

そう言うと、いきなり背中に腕を回され、顎を掴んだ悠人にくちびるを押しつけられた。

「んっ！」

驚いてぎゅっと目を閉じる。開いたくちびるの隙間から忍び込んだ悠人の舌が、ぬるりと琉生の舌に絡みついて痛いくらいに吸い上げてくる。

喉の奥が震え、じゅっと強く吸われるたびに足の力が抜けそうになる。

それは幾度も悠人にされた中で、一番淫らで強引な口付けだった。

「はっ……」

口腔内を這い回った舌がようやく出て行く。一瞬眩暈がして、琉生は悠人に支えられた。

「……ごめん、なんか、俺」

我に返った様子の悠人に、覆い被さるようにして抱き竦められる。

「怒ってるわけじゃないんだ。俺にはお前の行動を制限する権利なんてないんだからな。だけど……お前を貴秋にとられることを思うと、猛烈に焼けてしょうがない。お前だけは、譲りたくないんだ」

琉生を抱き締めたまま言う悠人の声は、苦しげに掠れている。

(苦しめているのは、おれなんだ……)

苦い痛みに、ずきん、と心が疼く。

悠人も貴秋もそばにいない。久し振りの一人きりの夜、琉生はゲストルームの広いベッドで悩みながら眠りについた。

＊

翌朝、身支度をした琉生がダイニングルームのドアを開けると、意外にも悠人と貴秋の二人は既にテーブルについていた。

少し早めの時間だからか、まだ朝食の準備は整っていない。なにも載っていないテーブルについた二人は、あとはジャケットを羽織れば出かけられるという姿で向き合っている。

「あぁ、おはよう。ちょうどよかった、琉生もちょっと座ってくれる？」

すっかり全快した様子で爽やかな笑みを浮かべた貴秋に促され、琉生は慌てて椅子に腰を下ろす。

「おはよう、よく眠れたか？」と隣の椅子に座っている悠人に声をかけられた。

ぎこちない笑みを浮かべて頷くと、ゴト、という重量感のある音が響く。

視線をやると、貴秋が椅子に置いてあった重量感のあるシルバーのアタッシェケースをテーブルに載せていた。

ダイヤルロックを外し、くるりと悠人達のほうへケースの中身を向ける。

中には、幾らあるのかわからないほどの札束がぎっしりと詰まっていた。

「……なんだよこれ」

「一億ある。ケースはもう一つあるから、全部で二億円だ」

怪訝そうに言う悠人に、貴秋はビジネスの話をするときのように、テーブルに手を乗せて指を組んだ。

「これで、――琉生を僕に、返してほしい」

(え!?)

「……なに言ってるんだ。琉生は――」

「物じゃない。それはわかってるよ。いままでのことは、悪かったなと思ってる。だけど、やっぱりどうしても琉生が欲しくなったんだ。返してもらっても、もう絶対に無理強いはしない。琉生の意思を尊重するし、僕と一緒に過ごしてくれるならちゃんと給料も払う。だから」

悠人の言葉を遮り、貴秋は頬を紅潮させて真面目な表情で言った。いつも悠人を避けている貴秋とは違い、いまの彼はどこか本音で話しているように思える。

「愛人ていうわけか?」

悠人が皮肉を込めて笑う。

「違う。恋人だよ」

きっぱりと貴秋は言い切った。

(恋、人……?)

突然琉生の頬が熱くなる。高なる心臓の鼓動に、自分が喜んでいることがわかる。そんな場合じゃないのに馬鹿みたいにどきどきしていると、ふいに貴秋がこちらに視線を向けてきた。

「最終的には、琉生が決めてくれればいい。僕のところに戻りたいか、それとも悠人と一緒にいたいのかを」

「そ、そんなこと……」

「そうだな……お前が決めたことなら、俺も従ってもいい」

悠人にまでそう言われ、琉生は答えに窮する。頭がパニックになりそうだった。

(――二人のうち、どちらか、なんて……)

「いますぐじゃなくてもいいんだ。ゆっくり考えて、琉生の気持ちが決まったら、僕達に教えて?」

「で、でも」

貴秋の言葉に、選択権を預けられた琉生はおろおろと二人に視線を彷徨わせる。

二人共が、言外に『自分を選べ』と伝えている。

貴秋はアタッシェケースの蓋を閉じると、重たそうなそれを椅子の上に片付けた。

「恨みっこなしで、裏工作はなしだぜ?」

悠人が貴秋に言う。

「当たり前だろ。それから、琉生が決めるまで、キス以上の行為は禁止だからな」

憤慨したように貴秋が釘をさすと、「添い寝もな」と悠人が逆襲した。

火花を散らすように二人は睨み合う。

準備ができたのか山口が食事を運んできた。味噌汁の香りがして、洋食党の貴秋に合わせるつもりだった琉生は首を傾げる。

「僕も、今日から琉生と一緒に和食を食べることにするよ」

にっこりと笑う貴秋に、返す言葉がない。

（おれは、いったいどっちが好きなんだろう……）

ご機嫌な貴秋と不機嫌な悠人の間で、彼らと目が合うたびに琉生は慌てて俯く。冷や汗が滲み、なのに頬は熱い。困っているのに嬉しくて、どうしていいのかわからない。

せっかく山口が作ってくれた美味しい朝食が、全く喉を通らなかった。


二人が出勤していったあと、日が暮れるまで悩んで琉生は決意した。

「せめて、お二人が戻られてから」と止める山口に、彼らへのメモを託す。

部屋を片付けて、自宅までの電車代を借り、山口に世話になったことへの感謝を伝えてから、琉生は一週間滞在した彼らの住居のマンションをあとにした。

＊

満月が高層ビル群を照らし出している。

一人で出歩くのは、あのオークションの日以来初めてだった。

久し振りの街は、ちょうど金曜の夜で週末前だからか、浮き立つような喧噪に満ちている。

彼らのマンションから最寄りの駅まで、ほんの十分ちょっとの距離を琉生はゆっくりと歩いた。

ふと切符売り場で、たった一週間通勤しただけの会社のことを思い出した。

（……そういえばこの駅は、渋沢コーポレーションの最寄り駅でもあるんだな）

「……先輩？」

後ろから呼びかけられて、琉生は振り返る。

「浦川！」

駅構内の人波を掻き分け、呆然とした表情の浦川が駆け寄ってきた。

「あぁ、やっぱり先輩だ……躰、大丈夫なんですか!?　業務中に高熱で倒れたって聞いて、みんなものすごく心配していたんですよ」

「ご、ごめん、せっかく紹介してくれたのに迷惑かけて……もうすっかり元気なんだ。で

ですか？」

「そんなのはいいんですよ……元気になったんなら、本当によかった。……どこに行くん

も、お前の顔潰しちゃったよな」

「あ、うん、いま、家に帰るところなんだ」

「そうですか。あの、契約は終了ってことになってるんですが、その件で先輩に判をもら

わなきゃいけない書類が社にあるんですよね」

「そうか。もし時間に余裕があるなら、郵送してもらえるとありがたいんだけど」

渋沢本社にはもう行くな、と彼らからきつく言われている。

「そうですね、ずっと保留になっているので、できればいまちょっとだけお時間いただけ

ると、手続き上すごく助かるんですが」

「わかった、じゃあ一緒に行くよ」

助かります、と浦川は申し訳なさそうに笑う。

外回りのあとだったのか、彼はスーツ姿で書類の入った封筒を持っている。

「これから社に戻るところだったのか？　外回りなんて、珍しいな」

「ええ、ちょっと用があって」

浦川は苦笑いをしている。

帰社する人々の波に逆らい、並んで歩く。五分足らずで本社に到着した。

「こっちから入りましょう」と浦川は正面の入り口を通らず、琉生を地下駐車場の入り口へと促す。

一瞬疑問に思ったが、もしかしたら琉生と一緒のところを人に見られたくないのかもしれない。

紹介で入っておきながら、たった一週間で自分は突然の退職をした。病気が理由になっているとはいえ、琉生の社内でのイメージは相当悪いだろう。浦川には本当に申し訳ないことをしてしまった。

地下の受付で、浦川の名前を使って臨時のＩＤをもらう。突き当たりに三機あるエレベーターのうちの一つに乗り込むと、彼は何故だか地下三階のボタンを押した。

「行き先は経理部じゃないのか？」

下がっていく階数表示を見ながら琉生は聞いた。

「先輩」

浦川はそれには答えずに話しかけてくる。

「社長と、いままでずっと一緒だったんですか？」

「いや、ずっとってわけじゃ……」

そう答えかけて、ハッとする。

琉生が、貴秋のところにいたことは、誰も知らないはずだ。

――浦川は、琉生があのオークションで貴秋に落札されたことを知っている――？

何故浦川が知っているのか――

とっさに背後の浦川を振り返ろうとすると、首筋にちくりとした鋭い痛みが走る。

腕で押し退けようとしたが、遅かった。

首を押さえて振り返った琉生の目に映ったのは、見たこともないほど冷ややかな顔をした浦川の、恐ろしく昏い目の色だけだった。

＊

ぴたぴたと頬を叩かれて、ぼんやりと覚醒する。

「ん……」

頭がとても重い。

「――先輩、起きてください。時間ですよ」

(え……寝坊した!?)

『時間』と言われて、琉生は無理やり目を開ける。

薄暗い部屋の中、視界には二つの強い光がある。部屋の左右正面にはライトが設置されていて、こちらを照らし出しているのだ。

眩しくて俯いた琉生は、目に入った自分の姿に驚愕した。

「……!?」

いつの間に奪われたのか、前を大きく開けたシャツ以外、衣類はなにも身に着けていない。

その上、手首は椅子の背後で、足は椅子の左右の脚に拘束され、口はガムテープらしきもので塞がれている。

変態染みた格好で固定されていることに、怒りよりも強い恐怖を覚えた。

「――おはようございます、先輩」

ハッとして顔を上げる。

「嫌だな、もっと可愛い顔をしてくださいよ。せっかくセッティングしたのに、いい値段がつかなくなってしまうじゃないですか」

準備も結構いろいろと大変なんですよ、と言う浦川は、平然とした笑みを浮かべている。ライトの間に置かれたビデオカメラを操作する彼は、日常の業務をこなすときと全く変わらない様子だ。

彼にはこの蛮行に対する罪悪感など全くないのだ。琉生はぞっとした。

「――怖いですか？」

浦川は不思議そうに聞いた。

「放し飼いにされているなんて、社長からは飽きられちゃったみたいだけど、大丈夫です。今度こそ、いいご主人様を見つけてあげますからね。先輩には、もっと、そう、社長みたいなスマートなハンサムよりも、徹底的な躾を施してくれるサディストの飼い主のほうが、合っていると思うんです。……でも、安心してくださいね。この間のオークションは相当な金持ちばかりで客層もよかったけど、今回は、このビデオを使って、本物の調教をしたがる深いご趣味の方ばかりが参加しているオークションにかけてあげますから」

さも親切そうに浦川は言う。反論して殴りかかってやりたくとも、口と手を封じられているいま、琉生の自由になるのは目だけしかない。

だが、非難の視線など意にも介さず、浦川は拘束された琉生を胸から股間まで舐めるように見下ろした。

「しかし、社長ってああ見えて意外と幼児趣味なんですね。下の毛を剃って、尻を叩くのが好みなんて。それとももしかして、一度ヤったらつまらなくて、お仕置きされちゃったんですか？」

可哀想にと言う浦川は、琉生の翳りのない下腹部と、まだうっすらと跡になっている腫れた尻のことを言っているのだろう。勝手に躰を見たのだ。

琉生は軽蔑を込めた強い視線で浦川を睨んだ。

「おっと、そんな表情もできるんですか。可愛くて大人しいだけじゃないんですね。よかった。今回も意外と高値で売れるかもしれません。渋沢での地下オークションは次回までまだ間があるのに、僕、ちょっと友達との賭けごとに注ぎ込んじゃって、お金が足りなくなって困ってたんですよ」

笑う浦川に、新たな絶望を覚える。

（まさか、こいつが黒幕だったなんて……）

琉生は、この会社に本当の意味での知り合いは浦川しかいない。けれど、彼の差し金で闇オークションに出品されたのだとは、ただの一ミリも疑わなかった。

心から信頼していたのだ、彼という旧知の友人を。

目の前の浦川を見ていることが辛くて、琉生は項垂れた。

「……僕はね、先代の社長が仕切っていたオークションの経理担当だったんですよ。コネ入社したときに、前の担当者から纏めて裏業務を引き継いだんです」

浦川は勝手に告白し始めた。

「先代の四季《しき》社長は美術品マニアで、オークションに参加しては盗品だろうがなんだろうが、来歴には一切こだわらず、超高額な絵画や彫刻を落札しては蒐集していたみたいです。でも、数年前の株の大暴落のときにどうしても現金が必要になって、金策のためにその貴重なコレクションを放出しようとして知人を集めたのが、あの本社地下での裏オークションの始まりでした」

(先代の四季社長って、……貴秋さんのお父さん……？)

「かなりいい小遣い稼ぎになったんだけど、去年前社長が亡くなったときに裏家業はいったん精算しようという話になって、僕はまだ暴落した株と高値で買った外貨の大損を取り戻し切れてなくて困ってたんです。そのときに、若造の貴秋が跡を継ぐことが決まって、しめたと思いました。彼を裏の広告塔に据えて、このオークションを僕が続けていこうと思ったんですよ。金をだぶつかせた顧客のリストは手元にある。秘密の売買をしたい客は多くいるし、新しい社長は知名度も人気もあって、彼がいればセレブな客も呼べる。ただ会場を数時間貸し出すだけで億単位の小遣い稼ぎになりますよ。そう言って、僕が秘密裏に美味しいオークションの招待状を送ったら、新社長はすぐにのってきましたよ」

（そんなはずない。貴秋さんは、法に触れることはなにもないと言ってた……）

混乱のまま聞いていると、浦川がこちらに近付いてきた。

「ずっと、好きだった――」

琉生は顔を上げる。

浦川は、自嘲的な視線で琉生を見下ろしている。

「そう言ったら、信じますか？　……先輩は、鈍感ですもんね。大学時代、僕がどんなに差し入れしても、毎週のように誘っても、全然僕の気持ちに気付かなかった。講義で初めて隣になったときから目をつけていたんです。絶対他の奴に取られないように『あいつはゲイで、「お願いだから抱いてくれ」って初対面で頼まれた。めちゃくちゃ男とヤリまくってる。精神的に不安定で、可哀想だから友達でいてやってるんだ』って散々吹聴しておいたから、誰も先輩に近寄らなかったでしょう？　おかげで、大学では先輩と二人きりの時間が多く持てて、天国みたいでした」

金槌で頭を殴られたような気がした。それは、あまりにも衝撃的な告白だったからだ。

だが、どこかで納得もしていた。

高校まではたくさんの友人が自然にできたのに、大学に入ると、なにかした覚えもないのに、同級生達から妙に敬遠されているような気がしていた。誰かと親しくなりかけても、気付いたら距離を置かれていたのだ。

浦川が裏でそんな噂を流していたのだとしたら、それも道理だ。

「仕事を紹介したら、そろそろ僕のことを見てくれるかと期待していたら、あっという間に社内で一番金持ちで若い男を誑し込むなんて……先輩はこんな純情そうな顔を売りにして、社長レベルの男としか寝ないんですね。酷い人だ。そうならそうと言ってくれれば、初めから、こんなに好きになんてならなかったのに……」

浦川は、哀しげな表情で身勝手な言葉を吐き続ける。

『好き』という告白が、彼の口から出ると、恐ろしく軽くそらぞらしいものに聞こえる。

呆然と見上げると、目の前に立った彼は琉生の頬に手を伸ばしてくる。

とっさに避けようともがくと、苦笑して浦川は琉生の目の前にしゃがみ込んだ。

「やっと少し効いてきたかな。麻酔のあとだから、反応が鈍かったらどうしようかと思って、オークションに出品する奴隷に使うのと同じ成分の液体を飲ませておいたんだけど……役に立ってよかった」

(また、あの薬を……!)

無理に開いて固定されている両足の間で、琉生のペニスは緩く反応してしまっている。

頭がぼんやりとして、冷や汗がこめかみを伝う。薬のせいなのか、腹から下だけがじんわりと熱い。

「綺麗な色ですね……いろんな男に舐めさせてきたくせに、まるでなんにも汚いことなんて知らないみたいに」

「――ッ!!」

ペニスの根元を支え、ぺろりと先端に舌を這わせた浦川に、ガムテープ越しに悲鳴が零れた。

唯一動かせる頭をぶるぶると振って、琉生は必死に拒否をする。

「ずっとこうしたかった。この真っ白い躰をどこもかしこも舐めて、このピンク色の口と尻に注ぎ込んで、僕だけのものにしたかった……」

浦川がすっぽりと根元まで琉生のペニスを呑み込む。

ぞわっ！と一気に鳥肌が立った。

湿った口内で舐め回され、悪寒が琉生の背筋を這い上がる。足が壊れたようにがたがたと震え出した。

嫌悪感でいっぱいなのに、じゅぷじゅぷと浦川の口腔で強く扱かれるたびに、ペニスは琉生の心を裏切り、硬く勃ち上がっていく。

――気持ち悪い……！　助けて、誰か……！

浦川の愛撫は淫らで執拗だった。

卑猥な水音を立てて、ペニスも睾丸もべろべろとしゃぶり、余すところなく舐め回していく。

「ッ、ッ！」

先端の敏感な孔を無理に開いて、その中までじゅくじゅくと音を立てて吸い嬲られる。

激しい嫌悪に、琉生は声にならない悲鳴を上げた。

下肢だけが壊れたみたいに熱く、肌は冷や汗でべっとりと濡れている。

嫌で嫌でたまらないのに、薬なんかで簡単に興奮する自分の躰に吐き気がした。

悠人と――それから、貴秋の手は、浦川とは全然違っていた。

見た目の完璧さとは違い、貴秋は我儘で脆く、堂々として見える悠人は臆病で不器用だった。それでも、二人共本気で琉生に一億を出すほどに心を開いてくれた。

二人に残したメモには、どうしても、どちらかを選ぶことはできないという、謝罪の言葉を綴ってあった。

何故、彼らのいるあの部屋から逃げてきてしまったんだろう。

またオークションにかけられて、今度こそ変態の親父に売られてしまうくらいなら、どんなに釣り合いが取れなかろうが、もっと自分の気持ちに正直になればよかった。

――どちらかなんて選べないくらい、二人を好きになってしまったのだと。

（――はる、と……、たか、あき、……）

必死に頭の中で彼らの名前を呼ぶ。

下劣なオークションにかけられるまでもなく、これ以上浦川と二人きりでいたら、自分は壊れてしまう。

「ちゃんと勃ちましたね、うん、……そろそろ撮影ができそうです。できるだけ高値がつくように、祈っててくださいね、先輩」

無理やり勃たせた琉生の下肢を眺めて満足げに言うと、浦川はカメラのほうへと戻る。

これから動画を撮られるのだ。恥ずかしい姿を、そういった嗜好の者達に見せるために。

こんな地獄のような思いをするくらいならば、狂ってしまったほうがずっと楽になれる。

目からじわりと零れた涙を拭くこともできず、琉生の視界は揺らぎ始めた。

そのとき、唐突に、二つのライトが消えた。

「な……なんだ!?　なにが——ッ」

慌てた浦川の声が、なにかがぶつかり、殴り合う激しい音にかき消される。

どさり、と誰かが倒れたような音のあと、嗅ぎ慣れた香りに琉生は力強く抱き締められていた。

＊

静かにざわめく昼日中の病院のロビーを琉生は歩いていた。

念のためだと言い張る悠人達に押し切られ、昨日一晩、琉生は検査入院をさせられた。

診察の合間に待合室で見たその日のニュースには、盗品の絵画や宝石を扱う密売組織が摘発されたというニュースが時折流れていた。

だが、どういった手筈を取ったのか、会場が渋沢本社の地下であったことや、先代社長がそもそもの元締めであったことは一切公表されなかった。勿論貴秋の名も出ず、そのことに琉生はホッとしていた。

「――お疲れさん、大丈夫だったか？」

病院の正面玄関を出ると、その場に黒いステーションワゴンを停めたスーツ姿の悠人が待っていてくれた。

「結果は『少し貧血気味なだけで、あとは異常なし』だそうです」

ドアを開けて促され助手席に乗り込むと、琉生はぎこちなく笑って言う。

「よかったな、ほんとに」と、悠人は心底安堵したような笑みを浮かべて車を出した。

病院を出た悠人の車は、マンションには向かわずに広い公園のそばで停まった。

「――とりあえず、めぼしい奴は全部確保したよ」

悠人の言葉に琉生は苦い顔で頷く。

なんとなくそうかも、と思っていたが、悠人は警察官で、捜査第二課の課長補佐をしているらしい。『警視』と呼ばれているのを聞いて驚いたが、言われてみれば納得もした。

琉生を拘束して卑猥なビデオを撮ろうとしていた浦川は、乗り込んできた悠人に手酷く殴られ、その場で逮捕された。

異常に狡猾だった浦川は、自分がオークションを開催していることを誰にも気取られないように二重三重のガードを敷いていたらしい。

けれど、人の口に戸は立てられない。関係者からの告発で彼の罪は暴かれ、浦川が握っていたデータからは、過去はおろか、これからの出品予定までもが芋蔓式に明かされることになった。

昨夜、琉生は、友人だと思っていた浦川の長年に渡る卑劣な裏切りを知ったことで、心が壊れる寸前まで追い詰められていた。

元々浦川をマークしていた悠人に、すんでのところで助け出され、そして駐車場で待機していてくれた貴秋の車に乗せられた。車の中で琉生は二人に、代わる代わる壊れたように流れ続ける涙を舐め取られ、薬のせいで何度出しても収まらない昂りを慰められた。病院に着くまでそれは続き、着いたときには心と躰の疲労感に、既に失神していた。

もし、二人がいなかったら——恐らく、いま自分は正気ではいられないだろう。

そのくらいに、浦川の恐ろしい企みは、琉生の心を手酷く傷付けていた。

「今日も貴秋は来たがってたけど、先代社長が関わってたことをマスコミに流さないための根回しで、方々と連絡を取り合ってる。オークションのことは、先代の件を除いて全部明らかになった。今更お前の口を塞ごうなんて考える奴は誰もいない。安心して、外に出られるぜ」

停めた車の窓からは、明るい日差しを受ける公園で遊ぶ子供達が見える。

平和な光景を眺めながら、穏やかに悠人は言った。

――これで家に帰れる。だが、嬉しいのか哀しいのか、琉生にはよくわからなかった。

「あの……貴秋さんが、オークションに参加してたのって」

ふと思い浮かんだ疑問を口にした。

「あぁ、俺が頼んだんだ。いつもは口もきかなかったけど、この件にだけはあいつも協力してくれた。死んだ親父の最低な置きみやげを一掃したい気持ちは、あいつも同じだったんだろう」

(あぁ、やっぱり……)

様々なときにそんな気はした。悠人と貴秋は、容貌は全く似ていない。けれど指の形や足の形など、ささいな部分が、あれ?と思うほど似ている。

二人は、やはり兄弟だったのだ。

「貴秋は俺よりもっと親父を恨んでるだろうな。あいつは子供の頃全然両親に似てなくて、海外出張の多かった馬鹿な親父は母の浮気を疑いやがった。おかげでプライドの高い母は貴秋を可愛がれなくなって、俺と区別をして育てた。中学に上がって両親の不仲の経緯を知ってからは、貴秋は家族皆を嫌って祖父さんの家で暮らすようになっちまったんだ。……信じられないかもしれないが、それまで俺は親が可愛がらない分もめちゃくちゃ貴秋を可愛がってたし、俺達は本当に仲のいい兄弟だったんだぜ？」

悠人は懐から警察手帳を取り出す。

上面のポケットから引き出して見せたのは、小学生くらいの男の子が幼稚園くらいの男の子をおんぶして笑っている写真だった。

幼い頃の貴秋と悠人なのだと、一目でわかった。

琉生の頬が緩む。

フワンとした茶髪の少年にはいまの貴秋の面影がある。悠人もいまとは全く違うあどけない様子だ。無邪気な笑顔の二人はとても可愛らしい。もしこのまま育っていたらと思わずにはいられないくらい、兄弟は仲が良く、幸せそうに見えた。

「俺達がまた同居するようになったのは、祖父さんからの莫大な財産を相続するためだ。祖父さんは家族の不和をとても哀しんで、『結婚するまでは兄弟で仲良く一緒に暮らすこと』っていう遺言が条件にあったから。……まさか、同じ相手を好きになっちまうとは思わなかったけどな」

写真を大切そうにしまうと、悠人は言った。

答えられずに琉生は黙り込む。

しばらくの沈黙のあと、ハンドルに腕を乗せ、悠人はぽつりと言った。

「お前が置いていったメモは、読んだよ」

どきっとして、琉生はぎこちなく頷く。

「二人の人間からどっちかを選べ、なんて一方的過ぎるよな。もう無理なことは言わない。このままでいいから、とりあえず、一緒にマンションに戻らないか？」

「……戻る、って？」

「部屋も余ってるし、山口も心配してる。俺も貴秋も、お前をそばに置いておきたい。だから、お前さえ、その、よかったら」

もごもごと言い辛そうに言う悠人に、『はい』と言って素直についていってしまえたらどんなに幸せだろう。

「……おれ、自分の家に帰ります」

悩んだ末に琉生は言った。

それは彼らの部屋を出たとき既に決めていたことだった。

このまま戻っても、自分はまた二人の間で悩むだろう。

自分が決意をし、そして二人共がそれを許してくれない限り、いつかは必ずあの部屋を出ることになる。どんなに戻りたくともいまはついていくべきではないのだ。

琉生の答えに無言で頷くと、そのまま悠人は車で家まで送ってくれた。

持ってきてもらった、会社に保管されていた鞄を受け取り、車を降りようとする。

「琉生」

呼ばれて振り向く前に、温かな熱に包まれる。琉生は背後から悠人の大きな腕の中にすっぽりと抱き締められていた。

「――いつまででも、俺達は待ってるから」

耳元で囁かれて、琉生の胸に込み上げるものがあった。

鞄を抱えてドアを開ける。琉生が降りると、車はあっという間に走り去っていった。

＊

先日、検査入院で滞在した病院の廊下を琉生は再び歩く。

あれから一か月以上のときが過ぎた。

窓の外は青く晴れ渡り、徐々に夏の気配が近付いているのを感じる。

少し先の角を曲がった人影に、琉生は思わず足を止める。声をかけることはせず、その後ろ姿をゆっくりと追った。

彼は半袖のワイシャツに黒のスラックスという姿で、書類の入ったファイルを手に特別室へと入っていった。

「――よお。お待ちかねの、報告書が来たぞ」

「なんでお前が来るんだよ……山口は？」

「山口に頼まれたんだよ。病院に行くなら、貴秋様に渡してくださいって」

拗ねたような貴秋の声と楽しそうな悠人の声が、病室から聞こえてくる。

「一通り先に目を通したが……なんの心配もない。監査でしばらく終電間際まで詰めてたみたいだけど、躰も壊してないみたいだし、友人もいる。あいつは一人でちゃんと生活できてるんだ。……もう、俺達の出る幕じゃない」

「うるさい。ほっとけよ。そんなの……ちゃんと、わかってる」

「お前こそ、ちゃんと今日のメシは食ったのか？　決算発表の会場でブッ倒れるなんて、株主もびっくりだ。おかげで翌日にちょっと株価が下がってただろ」

「もういい、株価なんてどうでも……あんなに熱心に口説いたのに、返事も来なくなった。フラれたのなんて初めてだ。僕はもうダメだ」

「返事ってなんだ？」と悠人は聞いている。

ドアの脇で聞いていると、思わず苦笑してしまうほど貴秋は落ち込んでしまっている。

(フラれた、って、もしかして、おれのことなのかな……？)

返事が来ないというその手紙を、琉生はまだ読んでいない。恐らくいま新居へ転送中なのだろう。琉生としては、彼をフったつもりなど全くないのだが。

少し躊躇ってから、開いたドアをノックする。

顔を出すと、ベッドの上には少し痩せた貴秋が起き上がって俯いているのが見える。

ベッドの脇に立つ悠人は、琉生に気付くと驚いた顔を見せた。

「――琉生」

その声に弾かれたように貴秋がこちらを向く。

二人共が驚きに固まっているのに苦笑する。彼らの部屋を出てから約一か月。

久し振りに会う二人の顔は、まるで長い間会っていなかったみたいに懐かしく思えた。

「あの、……こんにちは」

琉生はそろそろと病室に足を踏み入れた。悠人とは反対側のベッドサイドに近寄る。

貴秋は、幽霊でも出たかのように呆然と琉生を見上げている。

「久し振りに山口さんに連絡したら、ここを教えてくれて……入院してるって言われて、驚きました」

「こいつはまたハンストしてるだけだから心配ない」

悠人が言うと、貴秋はムッとしたように彼を睨む。

「お前は元気そうでよかった」

穏やかな笑みを浮かべて言う悠人に、琉生も笑みを返す。

「監査も無事に終わったし……実は、来月から正社員になる方向で話が進んでるんです」

オークションの件が片付き、家に戻ってすぐ、琉生は貴秋に頼んで渋沢コーポレーションに契約社員として戻らせてもらった。

裏から手を回すようで気が引けたが、途中までやりかけた仕事を放置してしまったことがずっと気になって仕方なかったのだ。

案の定、追加採用されていた会計士達はてんてこ舞いで、琉生もまた、なにも考える暇もなく仕事に没頭することができた。

「そうか、おめでとう。あそこなら一部上場だし、待遇もまあまあだろ。よかったな」

悠人はそう言うが、貴秋はなにも言わずに琉生をじっと睨むように見つめている。

「それであの、……おれ、会社の近くに引っ越したんです。だから、多分、ここ数日の貴秋さんからの手紙は、まだ受け取れてなくて」

「手紙？」

「……場所は？」

眉を顰める悠人の言葉を遮って、悠人は引っ越し先を聞いてくる。二人がどういう反応をするのかどきどきしながら琉生は答える。

「赤坂プレジデンスタワーの一階に、賃貸の部屋が出てて」

「「え？」」

悠人と貴秋の声が被る。

「それって……うちのマンションだよな？」

面食らったように言う悠人に、琉生はこくりと頷く。

「居候は、やっぱり気が引けるけど、できるだけ、その、近くに住みたくて。先週、貴秋さんから来た手紙を読んで、引っ越そうって決めたんです」

悠人は「だから、手紙ってなんだ？」と貴秋を怪訝そうに見る。

貴秋は拗ねたように口を開いた。

「……だって、せっかく同じ会社に入っていつでも会えるようになったのに、琉生は、会いに来るのもメールも電話もランチもデートも贈り物も一切ダメ、『用があったら家に手紙を送ってください』って言うから」

「それで、……文通してたのか？　二人で？」

琉生と貴秋が揃って頷くと、悠人は何故か頭を抱えている。

確かに今時文通というのはレトロ過ぎるが、放っておくと毎日会いに来てしまう貴秋を抑えるためにはそれしかなかった。会社に戻ってすぐ、三日続けて花束を持って現れた貴秋のおかげで、琉生はすっかり社長の想い人として、女性陣から敵視されてしまっている。

「最後に受け取った手紙で『もし悠人が好きなら、それでも構わないから戻っておいでよ』って書いてくれたんです。そう言ってくれたのが、すごく嬉しかったから」

貴秋も悠人も、穴のあきそうなほど琉生をじっと見つめている。

「悠人さんはどちらかを選ばなくていいって言ってくれたけど、貴秋さんが同じ気持ちにならない限り、きっとまたおれが仲違いの元になっちゃうし……二人がけんかしてるの見てると、辛くて一緒にいられなくなると思って」

少し緊張して琉生は言う。

「つまり、お前は……俺達二人共の面倒をみてくれるつもり……っていうことでいいのか？」

腕を組んだ真顔の悠人に聞かれて、その意味深な問いに、琉生の頬はカッと熱くなった。

無論、その覚悟はできている。

むしろそれを待ち望んでいたのかもしれない。

――二人と一緒にいたい。それが琉生の答えだ。

震えながら、こくり、と琉生は頷いた。

「――頷くくらいじゃダメだ。ちゃんと誓って」

貴秋が口を挟んだ。

「だいたい、琉生は言葉が足りなさ過ぎるよ。『どちらかを選べない』じゃなくて、たった一言、『二人共が好きだ』って言ってくれたら、僕達はこんなに苦しまなくて済んだのに」

憤慨したような貴秋の言葉に、琉生は申し訳なくて身を縮める。

「で、でも、そんなこと言ったら、困らせちゃうかと思って」

「困るよ！　二人共好きだなんて……困って当たり前だろ!?　それでも、琉生に逃げられるよりよっぽどマシだと思ったんだから、しょうがないじゃないか」

貴秋はめちゃくちゃな論理で憤っている。彼は琉生を見上げてキッと睨んだ。

「ほら、ちゃんと言うんだ。僕達が好きだって」

「あ、は、はい、あの、貴秋さんと、悠人さんが、その、好き……です」

琉生は、頬を熱くしてオウムのように貴秋の言葉を復唱する。

「二人共を、心でも躰でも愛して、受け入れます、って」

「はい、えっと、二人共を、心でも、躰でも愛して、受け入れ……え？」

その言葉の意味に気付いて、琉生は途中で復唱を止める。

「これでほぼ言質は取ったよね？　――悠人、ドアを閉めて」

「うわっ⁉」

いきなり腕を引っ張られて、貴秋のいるベッドに倒れ込む。

カチリ、と音がして、琉生の目の端に、悠人がドアに鍵をかけるところが見えた。

「ん……っ」

仰向けになった琉生のくちびるが、貴秋の熱いくちびるで上から深く塞がれる。

一か月振りの情熱的な貴秋のキスに、琉生は思わず身を強張らせた。だがそれは反射的なもので、激しく口腔を犯す貴秋にいまは必死で応えようとする。

「ふ、ぅ」

じゅくっと吸われれば同じように吸い返し、くちびるを舐めてくる貴秋の舌を追い、舌同士を絡める。

「はぁ、琉生、すごいよ。いままでは一度もこんな風に応えてくれなかったのに……まさか、ずっと、我慢してたの？」

頬を両手で包んだ貴秋は、琉生の鼻先にキスをしてくる。

はぁ、はぁ、と荒い呼吸を繰り返す仰向けに転がった琉生を、悠人が頭のほうから覗き込む。

「琉生を責めるな。こうして、俺達のところへ戻ってきてくれただけでいいんだ」

真上から角度をずらして、悠人はくちびるを押しつけてくる。上下が逆のキスは、勝手が違って妙な感じがする。夢中で舌を絡ませ合い、琉生は悠人にも必死に応えた。

その間にも、貴秋は琉生の靴を脱がせ、ジーンズを引き下ろして、白いボクサーパンツに手をかけた。

「あれ？　このパンツって……僕が買ってあげたやつだよね？」

「あ、は、はい」

琉生はおずおずと頷く。

「ふうん、気に入ってくれてたんだ……」

なんとも嬉しそうに貴秋は言う。期待に反応しかけている琉生のペニスを、彼は下着越しにくにゅくにゅと揉み始める。

「あ、あ、や、ぁっ！」

両手で顔を覆い、たまらない羞恥と、貴秋の悪戯な手の動きに耐える。

「あぁ、もう先っぽが出てるよ？　反応がすごく早いけど、もしかして溜まってる？　最後にセックスしたのはいつ？」

下着から顔を出したペニスの先端をぐにぐにと弄りながら、貴秋は淫らな質問をしてくる。カッと琉生の頬に血が上った。

琉生としたくて、

「え？　全然？　一回もしてないの？　あぁ……、琉生、僕もだよ！　琉生としたくて、もう気が狂いそうだったんだ」

歓喜の声を上げ、むちゃくちゃにくちびるを吸ってくる貴秋に必死に応える。

あんなにモテる貴秋が、これまで誰とも遊んでいないと言ったことに驚く。琉生は胸が熱くなった。

反対側からは、「俺だって、お前のことしか考えてなかった」という憮然とした声が降ってきて、貴秋が退いた瞬間に、間をおかず悠人のキスを受け入れる。

交互にくちびるを犯されて、どちらとのものもつかない唾液で琉生のくちびるは濡れた。

両方から腕を取られ、四つん這いになるように促される。

いつの間にか琉生の躰からは下着以外の全ての衣類がすっかり奪い取られ、彼らもまた下着以外にはなにも身に着けていない。

彼らの逞しい半裸を目にして、ぞくぞくとした得体のしれない期待に、琉生は身を震わせた。

「もうここをこんなに濡らして、……悪い子だな」

「あ……、や、っ！」

脱げかけた琉生のボクサーパンツからは、二人からのキスと貴秋の悪戯にすっかり反応した、濡れたピンク色の亀頭がぴょこんと顔を覗かせている。琉生の正面から手を伸ばし、悠人はそこを指先でゆるゆると撫で回す。

くすぐったいくらいのタッチで敏感な鈴口を辿る指に、とろりと更に先走りが零れる。琉生はたまらずに腰を蠢かせた。

琉生の尻に幾度も音を立ててキスをし、撫で回していた貴秋に、「すぐに熱くなるから」と言われて頭だけでおずおずと振り返る。

四つん這いになった琉生の後ろに陣取った貴秋は、なにかジェルのような液体を尻の間に塗り込んでくる。すぐにじわっとした熱を感じ、琉生はうろたえた。

（まさか、これ……）

「あ、違うよ。これはオークションのときのジェルじゃない。市販されてる、熱感のあるマッサージ用のジェルなんだ」

「なんでそんなもの持ってるんだよお前」

悠人は呆れた声で貴秋に突っ込む。

「うるさいな、決算発表が終わったらその足で琉生に会いに行こうと思って買ったんだ！倒れちゃって行けなかったけど……」

薬入りではないと知ってほっとする間もなく、それが後孔に塗り込まれていく刺激に、琉生は身を震わせた。

「すごく、狭くてきついね……かなり頑張ってもらわないと、これは入らないかも……」

ジェルを足しながら後孔の奥にまで塗っていく貴秋に、答えを返すことができなかった。

「あ、はぁ、あ、あっ」

ぐちゅっと音を立て、容赦なく貴秋はその場所を押し開いていく。

尻を指で開かれる違和感は、ペニスの先っぽを弄り続ける悠人の大きな手の動きに集中することでどうにか緩和されている。琉生は頭を悠人の膝に押しつけ、どんどん浸食してくるその指の感触に耐えた。

普段、決して人の手にも目にも触れることのない場所だ。

そこを見られているというだけでも大変な羞恥なのに、指で犯すのを許し、彼らを受け入れられるようにと自ら望んで準備をしてもらっている。

我に返ると羞恥のあまり逃げ出してしまいそうになる。ただ二人のことだけを考えるようにして、その他のことを頭の中から必死に追い出した。

(あ……)

膝に琉生の頭を乗せ、髪や項を撫でてくれていた悠人の黒いボクサーパンツの前は、すっかり膨らんでいる。

少しだけ頭を動かして、琉生は悠人の異様に突き出した股間に鼻先を埋める。羞恥を押し殺して、硬く盛り上がったそこに頬擦りをしていると、悠人は自ら下着の前をずらした。

ぶる、と飛び出したものが琉生の鼻先に触れた。間近で見ると、悠人のペニスは怖いくらいに大きかった。張り出した先端も、血管が巻きついたような幹も、これが琉生のものと同じ雄の性器なのかと疑問に思うほどだ。

「琉生、口で……」

悠人はそれを手で支えて、懇願しながら琉生の頰に熱いペニスをぬるりと触れさせる。頭を悠人の硬い膝の上に預けたまま、琉生はそれに従順に舌を伸ばした。

舌先に触れる苦味に耐え、ちろちろと舌を這わす。

裏筋と、それから先端の割れ目を舐めると、悠人は、うぅ、とくぐもった呻きを漏らす。すぐにそこが好きなのだとわかって愛しくなる。もっと感じさせたい。そんな衝動がわき上がり、殊更にその場所を念入りに舐めてやった。

膝をついて高く掲げた琉生の腰は、腿に滴るほどジェルで濡らされた後孔に指を差し入れられるたび、淫らに揺れ続ける。

(あぁ、もうイきたい……)

悠人の張り出した亀頭に舌を這わせながら、琉生は熱い息を吐く。

後ろを解すのに使われたジェルは、睾丸を伝い、琉生のペニスの先までを濡らしている。滴で濡れた場所全てがじんじんと熱い。自らの手でめちゃくちゃに擦り上げてしまいたいというはしたない衝動に狂いそうだった。

「琉生、いい？　躰の力を抜いてて」

ようやく熱い後孔から指を抜いた貴秋が、琉生の耳元で熱い吐息と共に囁く。

尻肉を押し開かれ、焼けそうに熱いペニスの先端が後ろに宛がわれる。

耳を悠人の足に押しつけているせいか、自分の激しい心臓の拍動が頭に響く。

「震えなくていい、大丈夫だ」

怯えと期待に肩が震えると、悠人は大丈夫だ、ともう一度言い、琉生のこめかみや髪に、幾度も口付けをしてくれる。

その感触にホッとしたとき、後孔に擦りつけられていた貴秋のものが、ぐぐっ、と入り込んできた。

「――――――ッ！」

酷い圧迫感に、繊細なその場所は切れてしまいそうだった。

止めてくれ、と言わなかったのが奇跡だ。

力を込めて腰を押しつけ、時間をかけてついに奥まで侵入を果たした貴秋は、びくびくする琉生の尻を撫でながら、感嘆の声を漏らす。

「すごい、もう、痛いくらいぎゅうぎゅう締めてくる……」

身を屈めた彼は、汗で濡れた琉生の背筋にキスをしてくる。

身を強張らせた琉生の尻を撫で、貴秋はゆっくりとした注挿をし始めた。

「ひぁ…んぁっ、あ、あぁっ！」

貴秋が動くたびに、悠人にしがみついた琉生の口からは悲鳴のような声が零れる。

「ごめん琉生、ちょっとだけ声抑えて？　一応ここ病院だから、このままだと、誰か来ちゃうかも……」

貴秋にそう言われてハッとする。慌てて自分の口を手で押さえると、何故か悠人にその手を外させられた。

「こうしてりゃ、声なんか出ないだろ？」

ぬる、とくちびるに熱いものを擦りつけられて、琉生は腰だけを高く上げた体勢のまま、大人しく口を開けた。

ずるりと入り込んできた悠人の熱いペニスが、琉生の口腔をいっぱいに犯していく。

「っ……そうだ、すごく上手だ。いい子だな、琉生」

頭を撫でて、褒めてくれる悠人の手が嬉しい。琉生は無意識に微笑み、舌を絡めてはそれをくちびるで扱いて、必死に悠人のペニスを吸い上げる。

力強く脈打つそれが、ゆるゆるとくちびるを出入りするのと同じリズムで、貴秋は琉生の尻を強く掴み、穿ち始める。上と下から、同じような水音が聞こえる。

二人にくちびると後孔を同時に犯されて、あまりの被虐的な快感に、琉生自身のペニスも痛いくらいに勃ち上がっている。腹が少しひんやりするのは、たくさん零した先走りでしとどに濡れてしまっているせいだろう。

ちゅぷ、と音を立てて、悠人が琉生の口から猛り切ったペニスを抜き出した。

目の前で扱かれる逞しいペニスを、琉生はとろんとした目で見つめる。

それまでは、ゆっくりとした動きで琉生の初めての場所を慣らしてくれていたのだろうか。悠人が離れるとすぐに、貴秋は琉生の腰を掴んで激しく突き上げ始めた。

「っ！　ふっ、んっ、んンッ、」

肉が触れ合う音と琉生の抑えた喘ぎが室内に響く。

個室とはいえ、ここは病院だ。

誰かに来られたら、最も恥ずかしい思いをするのは自分だろう。

必死に声を殺し、琉生は目の前の悠人に助けを求めるように縋る。彼は大丈夫だというように琉生の頭を撫でてくれている。

広げられている入り口にはまだ痛みがあった。だが、それよりも、深く挿入されるたびに、びくんと躰が揺れるほど奇妙に感じる場所がある。その存在が琉生は気になっていた。

(もしかして……前立腺……？)

その場所のことは知っていた。だが実際に経験すると、そこを擦られることは急所を錐で突かれるような強烈な刺激だった。

「あ、あんまり、深く、しないで……っ」

なにかが漏れてしまいそうな切迫感が辛い。琉生は動き続ける貴秋に必死に頼んだ。

「どうして？　もう出そうなんだ、ごめん、無理」

貴秋は苦しげな声で言うと、逆に注挿を速める。

琉生もまた、同じように限界だった。

その場所に触れないでほしいのに、腰は揺らめく。逃げたいのか、それとももっとしてほしいのか。貴秋に深く腰を突き入れられるたび、琉生の硬くなったペニスはゆらゆらと揺れてシーツに蜜を垂らしている。

「くうっ」

貴秋が琉生の腰を強く引きつけて呻いた。

じわっと熱いものが腹の中に広がる。

「あ……！」

中に出されると同時に、触ってもらえない琉生のペニスからもじわっと蜜が染み出る。

「あ、あっ……」

ぽたぽたと精液を零すペニスを悠人の大きな手で包まれて喘ぐ。まだ繋がったままの貴秋に背後から強く抱き竦められながら、悠人の手に残りの滴を絞られて、琉生の躰はぶるっと震えた。

身を強張らせた貴秋は、最後の一滴まで琉生の中に吐き出そうとするみたいに腰を押しつけてくる。

ようやく満足したのか、離れていく彼に「最高だったよ」と囁かれ、悠人の足に頭を預けた琉生は、頬を染めてぎくしゃくと顔を俯かせた。

「――じゃあ、やっと俺の番かな」

じりじりしながら待っていたらしい悠人に身を起こされる。今度は、琉生は彼の膝の上へひょいと向き合う形で抱き上げられた。

「ん」

ちゅっとくちびるを軽く合わせると、悠人はすぐに、貴秋が出したばかりの濡れた場所を指で探ってくる。

「これなら入りそうかな……」

独り言のように悠人は言う。いま散々蹂躙された後孔に、琉生は強い圧迫を感じた。

「ひ、――――っ!?」

次の瞬間、敏感な粘膜をずぶずぶと掻き分け、恐ろしく大きなものが中に入り込んできた。ジェルと貴秋の出したものの滑りを借り、自重を受けてどうにか呑み込んでいく。

無意識に逃げようとした琉生の肩を悠人が引き戻す。更に少し奥まで呑み込まされて、琉生は喉の奥で悲鳴を上げた。

がくんと琉生の首が折れ、目の前の悠人の肩に凭れかかる。

今日初めて性器として使われたばかりの後孔は、もうあとちょっとで裂けてしまいそうなほど広げられている。

びくつく琉生の肩に、悠人は慰撫するようにくちびるを這わせた。

「ごめんな、まだ動かさないから、このまま……」

琉生の背中を撫でた悠人の手は、そのまま尻まで下りていく。

中に悠人のペニスを突き入れられた尻の肉を、柔らかく揉みほぐされる。

悠人に抱きついた状態のまま、そうして尻を揉まれていると、じわじわと奇妙な感触が琉生の腰にとぐろを巻き始めた。

「あ……あっ、そ、それ……なんか、ヘンだ」

「そうか？　気持ち良くないか？　勃ってはいるみたいだけど」

聞かれて琉生は羞恥に顔を顰めた。

確かに、さっき出したばかりの琉生のペニスは再び上を向き、快感を表して裏筋を悠人の腹に擦りつけている。おかしいほど反応が早い。淫らな自分の躰から目を逸らしたくて、琉生は首を振った。

「わ、わからない……」

泣きそうな顔で言うと、後ろから伸びてきた手が琉生を抱き竦めた。――貴秋だ。

「大丈夫だよ、泣かないで。僕が気持ち良くしてあげるから」

後ろからちゅっと音を立てて頬にキスをすると、貴秋の手は琉生の小さな乳首に辿り着く。指先でつん、とつつかれ、幾度も撫でられてから、ぎゅっときつく押し潰される。

「あぁ……琉生の可愛いここに吸いついて、舐めて齧って腫れ上がらせたい。ハル、早くイけよ。僕、もう一回琉生としたいんだから」

耳朶を淫らにしゃぶりながら貴秋に囁かれて、甘い電流がじん、と摘まれているところから下肢へと繋がる。

貴秋に急かされてむっとしたのか、悠人は琉生の背に手を回すと自分のほうへと強引に奪い返した。

「ごめんな、早くしろってこいつが言うから」

「え……？」

琉生の腰を掴むと、悠人は力強く揺さぶり始めた。

「えっ　や、ぅあっ、あっ！」

掴んだ琉生の腰を小刻みに動かし、悠人は快感を得ようとする。密着した腹の間の琉生のペニスは硬く張りつめ、いまにも達してしまいそうだ。

「い、……イく、も、……っ！」

汗に濡れた髪をふるふると振り、琉生は悠人の肩に必死に縋りつく。

背中に腕を回した悠人に強く抱き寄せられる。既に限界に近い琉生のペニスは、二人の腹の間でぎゅうっと強く押し潰された。

そのとき、貴秋が琉生の項にくちびるを寄せた。汗に濡れた項をべろりと舐め上げられ、甘噛みをされる。

悠人をいっぱいに含んだ張り裂けそうな場所を、なにかが確かめるようにそっと辿る。

それが貴秋の指なのだとわかったとき、琉生に限界が訪れた。

「っ――――!!」

頭の芯が真っ白になり、呼吸を止めて身を強張らせる。怖いくらい強烈な波に襲われて、琉生は触れられずに吐き出す。射精をしながら無意識に腰を揺らし、幾度も絞り上げるように強く中の悠人を締めつけた。

「くっ、あぁ、やば、いっ」

遅れて、悠人も琉生の腰を引きつけてどっと吐き出す。

しばらく経っても、びくびくと身を震わせ、未だ治まらない波の中に琉生はいた。

はあはあと荒い呼吸を繰り返す琉生の項に、待ち切れないと言うように、貴秋は幾度もちゅっちゅっとくちびるを触れさせては舌で舐め回す。

「……ほら、早く抜けよ」

まだ足りないらしい貴秋が悠人を急かす。琉生を抱き締めていた悠人は、離したくないというように更に腕の力を強めた。

「まだ、もうちょっと。こいつが落ち着いてからだ」

珍しく悠人が我儘を言うのに琉生は頬を緩める。悠人に抱きついたまま、だるい頭を動かして、焦れた貴秋とくちびるを合わせる。二人共の渇望を宥めてやりたかった。

一緒にいられるだけで幸せで、彼らが望むことならなんでもしてやりたい。

この一か月、ずっと二人を思い続けていたせいなのか。初めての行為には、指先まで満たされるような、不思議なくらい深く、甘い充足感があった。

＊

「明日になったら、僕は退院するから」

貴秋は元気よくそう言い出した。

元々、琉生が受け入れてくれないストレスで食べられなくなっただけのようだ。決算発表が終わったら会いに行こうとじりじり待ち続け、ばったりと倒れてしまったらしい。

点滴も受け、琉生の気持ちを知ったいま、彼に入院の必要はないのだろう。

ぐしゃぐしゃになったシーツは清潔なものに変えられ、そこで琉生はぐったりと横たわっている。

見舞客が泊まれる簡易ベッドが備えつけられた特別室に、今夜はこのまま、こっそり三人で泊まり込むことにした。貴秋のベッドに琉生を潜り込ませ、簡易ベッドを悠人が使う。

「明日は一緒にマンションに帰ろうね。山口も会いたがってるし、たまにはゲストルームに泊まっていきなよ。僕も琉生の部屋に遊びに行きたいな」

楽しそうな貴秋の囁きに、微笑みながら琉生はまどろむ。

（……こんなに幸せで、いいのかな……？）

両側に二人がいる。

受け入れてもらえた現状に戸惑うほど、琉生は幸福感でいっぱいに満たされている。

とろとろと気持ちの良い眠りの中を漂っていると、いつしか始まった貴秋と悠人のひそひそ話が琉生の耳をくすぐった。

「――一日交代が、一番負担が少ないんじゃないかと思うけどな」

「でも、そしたら僕達は一日おきじゃないか！　我慢できないよ」

「そうは言っても、毎日俺達二人の相手をさせるのは可哀想だろ。いくらなんでも琉生が壊れちまう」

「……じゃあ、同時にすればいい。そうすれば、琉生の負担は一日一回だろ？」

「同時にって……口と尻ってことか？」

「違うよ。同時に二人でするんだ」

「……お前、なんでそんな鬼畜なことを思いつくんだ？」

「ストーカーのお前に言われたくないよ。そもそも、大学の図書館で勉強してるときに毎日会ってたって言っても、琉生のほうはそれ全然覚えてないじゃん。何度か話したって、世間話程度だったんだろ？　そのくらいの間柄だったのに、大学のときからずっと好きだったとか言われたら普通にドン引きで怖いだけだから、絶対琉生にはそのこと言わないほうがいいよ」

秘密のひそひそ話は、眠りに落ちかけている琉生の耳に内容までは届かない。

けれど二人が自分のことを話しているのだけはわかる。

——このまま、ずっと二人に可愛がられていたい。
恐ろしく罪深い欲望を抱えて、琉生はうとうとと優しい眠りに落ちた。
両隣に悠人と貴秋の気配を感じ、その温もりに頬を緩ませながら。

＊

琉生が彼らの暮らす赤坂プレジデンスタワーの一階に住み始めてから、半年が過ぎた。

彼らの部屋に比べたらネズミの住み処ほどの狭い一ＬＤＫに、貴秋と悠人は交互にいそいそと毎晩訪れる。

どうやら琉生が知らないうちに話し合って勝手にそう決めたらしい。相談なしなのにひとこと言いたい気持ちはあれど、二人共に会いたい琉生としては文句の言いようもない。

二人がどちらも忙しいという日を除いて、そんな風にほぼ毎晩を琉生は彼らのどちらかと過ごしていた。

今週はその「たまたま二人共が忙しい」に見事にブチ当たった運の悪い一週間だった。

ニューヨーク支社の視察に行くという貴秋が発ったのは、週初めのことだ。

金曜にはハーバード時代の友達との同窓会もあり、丸一週間日本を離れることになる彼は、出発する月曜の朝まで「琉生も一緒に行こうよ」とゴネていた。だが秘書でもなく、ただの社員でしかない琉生が、仕事を休んでまで社長の海外視察に随行する理由がない。

そして悠人の仕事が一気に増え、帰れなくなったのも、同じ月曜からのことだった。

某有名スポーツメーカーの大規模な粉飾決算と、同時に起こった芸能人による詐欺事件で、警視庁捜査第二課に所属する悠人は眠る暇もないほど忙しかったらしい。

ようやく土曜の夜に部屋を訪れた彼は、会うなりくしゃりと笑って琉生を抱き締めた。

「寂しかったか……？」

悠人の低く響く囁きに、琉生は頬を熱くして素直にこくりと頷く。この部屋に越してきてから、殆ど一人の夜などなかった。二人共が不在のこの一週間は、あまりの寂しさに毎晩携帯を枕元に置き、いつかかってきてもいいように眺めながら眠ったくらいだ。

「で、電話……すぐにかけ直したんだけど、もう繋がらなくて」

「あぁ、ごめん。事情聴取と証拠集めの合間を縫って、トイレに行くふりしてかけたんだ。仕事中だと思ったんだけど、どうしてるか心配でさ」

悠人の胸に深く抱き締められたままふるふると琉生は首を振る。

「貴秋もいないっていうのに、とんでもねー一週間だったな……ごめんな、ほんとに」

はぁ、と深い溜息を吐きながらぐりぐりと頬擦りをされ、琉生は頬を緩ませる。

「埋め合わせするよ」

そう言って身を離した悠人が、琉生の頬に手をかけて口付けようとした――そのとき。

「琉生！　ただい、ま――……」

ガチャッと勢い良くドアが開き、いくつもの紙袋を手に持ち、満面の笑みの貴秋が入ってきた。キス寸前だった悠人と琉生は、予定外の彼の帰宅に驚いて目を丸くする。

「た、貴秋さん!?」

「おかえり……って、お前、帰ってくるの明日の予定だったよな？」

「……そうだけど。琉生に会いたくて我慢できなくなったから、同窓会の予定はキャンセルして、仕事終わったら飛行機のチケット取り直したんだ。さっき成田についてまっすぐここに帰ってきたとこ……で、なんでお前ここにいるの」

貴秋は、じろりと琉生を抱きかかえたままの悠人を睨む。琉生は慌てて悠人から身を離した。帰ってきてくれてとても嬉しいが、悠人と三人でいると、未だに貴秋の沸点は低いので機嫌を損ねないようにしなくてはならない。

「お前が明日帰ってきたら、絶対に琉生と会う日を交換してくれって言うと思ったから、俺は無理やり仕事を切り上げて今日ここに来たんだよ」

悠人がぼやきながら頭を掻いた。

「ふうん。でも残念ながら今日は僕の番だ。お前の番は明日なんだから、部屋に戻ってゆっくり休めよ」

靴を脱ぎ、ずかずかと部屋に入ると、貴秋はうろたえる琉生を抱き寄せた。

「ただいま、琉生。一週間振りだね。いっぱい話したいことあるし、おみやげもたくさん買ってきたけど、先にキスしてもいい？」

「あ、う、うん。……んっ！」

どきどきしながら答えると同時に、情熱的なキスが降ってくる。立ったまま、上から口を塞いでくる一週間振りの貴秋のくちびるを、背を海老反りに撓らせて琉生は受け止めた。すぐそばにいる悠人に見せつけるように、殊更に音を立てて、激しく舌を吸い弄られ、苦しさに喘ぐ段になってようやく離される。

「あれ、なんだ、お前まだいたの？」

「お前な……俺も琉生とは一週間振りで、しかもまだキスもしてないんだぞ？」

苛立ったように言う悠人の言葉を「へえ。だから？」と貴秋は意にも介さない。

毎朝、朝食は彼らの部屋のダイニングルームに呼ばれて三人で取り、兄弟は少しだけ仲良くなった気がしていたのに、少し問題があるとまたこれだ。

(全然、前と変わらないじゃないか……)

琉生は哀しくなって俯く。

しばらくの沈黙のあと、貴秋が奇妙に明るい声で言い出した。

「わかったよ。じゃあ、二人共久し振りに来て、二人共琉生と過ごしたい。どっちと過ごしたいか、琉生に決めてもらえばいいんじゃない？」

「え!?」

びっくりして目を見開くと、貴秋は琉生の手を取って強く握った。

「琉生、僕はアメリカからたったいま帰ってきたんだよ？　向こうでも男にも女にもいっぱい誘われたけど、ぜーんぶ断ってきたんだ。僕には決まった相手がいるのでって」

「なあ琉生、俺は今日まで殆ど寝てないんだ。マスコミと我儘な被疑者の対応に追われて、仮眠しかしてない。それでもお前に会いたくて、今晩だけはって抜けてきたんだぜ？」

じりじりと両側から『自分を選べ』と責め立てられ、琉生は冷や汗をかきながら二人の顔を交互に見た。

(き、決められないよ、そんな……)

こんな風に二人がこの部屋でバッティングしてしまうことは初めてなのだ。

(どうしよう、先に貴秋さんとして、悠人さんには待っててもらって、あとで…とか)

汗をかきながら考えていると、「……わかったよ、琉生の気持ちは」と貴秋が言った。

困っているのをわかってくれたのか、とホッとしていると、貴秋が「琉生は、僕達二人を愛しているから、二人共を同時に満足させてくれようと思ってるんだよね」と言い出してぎょっとする。

「えっ、ち、ちが、そんなこと……っ」

「あぁ、アレか……」

びっくりして首を振ろうとすると、悠人のぼそりとした呟きが聞こえる。

(あれ、って？)

三人で一緒にしたのは、貴秋が入院していた病院でのあの一度きりだ。めちゃくちゃ感じたが、二人に交互にされて、琉生はへとへとで気を失うように眠りについた。

「そうだな、それしかないかもな」

悠人が決意したように言う。それを聞いて、企みをするみたいに貴秋がにやりと笑った。

（なんか、すごく悪い予感がする……）

二人は、何故か悪巧みをするときだけ妙に仲良しになるのだ。

「ほらおいで。今日は二人がかりだから、覚悟してね」

いきなり機嫌のよくなった貴秋に、ちゅっと右頬にキスをされ、続いて左の頬に悠人のくちびるが触れる。琉生はくすぐったさと恥ずかしさに身を竦める。

ベッドに連れて行かれ、あっさりと服を奪われると、琉生は二人に躰中を舐め回された。

約一週間の二人の不在で、それまでずっと過剰な愛撫に慣らされていた琉生の躰は欲を溜め込み、ささいな触れ合いにも酷く反応を返してしまう。

一度ずつ彼らの屹立にくちびるで奉仕し、その間放っておかれているほうに、ジェルを使って後孔を念入り過ぎるほどしつこく慣らされた。口と尻を犯されて、それだけで滴を零して先端を濡らすペニスを扱かれながら、琉生は二人共の迸りを飲まされた。

「うん、一回ずつ出したし、後ろもこれだけ濡れてれば、多分イケるんじゃない？」

貴秋の言葉に悠人が頷く。なんの話をしているのかわからなくて、琉生が射精の余韻でボケっとしている間に、それは始まった。

――どのくらいの時間が経ったのか。

いま琉生の体内をいっぱいに満たす鼓動は一つではない。

はぁはぁ、と重なる荒い息は三つ。

二人の目論見にようやく気付き、無理だ、そんなことしたら壊れちゃうよ、と何度も言ったのに、貴秋は「ダメだ、するんだ」と言って、頑として許してはくれなかった。

悠人と貴秋、それぞれ一人だけのものでも琉生のそこは十分に限界なのに。

――二人を、同時に受け入れさせられるなんて。

ベッドヘッドに背を凭れさせた貴秋に、前から向き合う形で繋がった琉生の後ろから、悠人は押し入っている。いつも優しく甘やかしてくれる悠人は、一週間の禁欲のせいなのか、今日だけは琉生の懇願を聞いてはくれなかった。

「すご、い……めちゃめちゃ、きつい……」

苦しげに言う貴秋の声が、触れ合った胸から響く。

貴秋の躰にぐったりと身を預け、彼を受け入れたまま、後ろから悠人のペニスをも呑み込まされている。

時折ジェルを足し、時間をかけて全てを収めると、悠人は深い溜息を吐いた。

「……琉生、大丈夫か？」

「……っ、お、おねが、い、も、……無理……っ」

声すらうまく出せず、必死に囁く。後ろを広げられ過ぎて、全身が汗に濡れ、躰のどこ

にも力が入らない。びくびくと痙攣する躰を止められず、視界までも潤んでくる。

「あぁ、琉生、泣いちゃった……ごめんね、痛い？　一度、抜こうか？」

跨った琉生の腰を掴んで動かそうとした貴秋に、ひっ、と琉生は息を呑む。

「動くと痛いの？　……あれ、でも琉生、勃ってるよ。先っぽ濡れてるし……」

貴秋との腹の間で勃っているペニスに触れられて、いやいやをするように首を振る。

こんな無理なことをされて、感じるはずがない。

目の前の貴秋は、汗に濡れた優美な美貌を歪めてにやりと笑った。

「悠人、大丈夫だ。乳首もペニスも勃ってるし、琉生はちゃんとコレでも感じられるよ」

違う、と言おうとしたときに、二人は、同時にゆっくりと動き出した。

「――――っ！！！」

後孔の奥に秘められた快感の場所を、拳で殴りつけられたような気がした。

「つは、すご……」

貴秋の溜息が遠くに聞こえる。ぐちゅぐちゅと音を立てて、二人はほんの僅かな動きで腰を揺らす。それだけで躰の奥でなにかが弾け、ずっとイき続けているような強烈な快感に躰を痺れさせる。

涙と涎を零して目の前の貴秋に縋り、背後の悠人の熱を感じながら、琉生は声にならない悲鳴を上げ続けた。ペニスは濡れているのに射精はしていない。体内で二人が同時に弾けるまで、感じたことのない絶頂に縛りつけられ、失神するまで琉生はそれを延々と味わされた。

ぼそぼそ、という囁きに琉生の意識は眠りから呼び戻された。

ベッドに寝かされ、そのそばに座った悠人と貴秋がなにやら抑えた声で話をしている。

「――だって僕、どうしても琉生がおしっこしてるとこが見たいんだ。今日だってイヤイヤ言いながら結局させてくれたし、お前と二人がかりで頼めば絶対やってくれるって」

「お前、押さえつけて無理やり突っ込んでおきながらよく言うよな……」

呆れたような声で言う悠人の手が、そっと琉生の髪を撫でる。

「なあ、頼むよ兄貴」

「……こんなときだけ兄貴扱いするな」

話の内容は全く頭に入ってこない。

けれど半分夢の中にいる琉生は、眠ったままで微笑む。

ひそひそと内緒話をする二人の声は、琉生が知る中で一番仲が良さそうに聞こえる。

それは、琉生にとって、とても嬉しいことだった。

あとがき

はじめまして、釘宮つかさと申します。初めての商業誌になります。

一生のうち一冊でもバーコードのついた本が出せたらいいな、とぼんやり思っていたのですが、まさかそれが今年に叶うとは思いもしませんでした。去年の自分に「来年商業誌出るよ！」と言っても絶対に信じないと思います(笑)。

プロットを出す前の段階から担当様に言われていたのは、H度の高さについてでして、目標は「ギガントエロティカルなものを書く！」ということでした。

なのに、エロ度というよりも、剃毛や尻叩きやクマ萌えなど、微妙にヘンタイ度ばかりが高い感じのお話に……でも、兄弟の本気はこんなものじゃないはずなので、もっといろいろなプレイを満載にして書きたかったです。せっかくの大好きなリーマン物なので、次の機会があれば、貴秋と社長室で、とか、社内のトイレで悠人と、とか、道具をつけたまま会社に強制出勤、などなど、オフィスでのいろいろを極めたい……！と思います。

仲直りした兄弟は、このあと有り余る金と権力を使って、結託して琉生を攻めまくり、愛しまくっているはずです。

イラストを描いてくださった、こもとわか様。

ぽやんな琉生に、寡黙できりっとした悠人、イケメンで甘えん坊な貴秋……と、三人とも本当にイメージにぴったりで、拝見しているうちに続きが思い浮かんでくるほどでした。

はじめからこもと様の絵のイメージで妄想していたので、ＯＫいただけたときには至福の喜びでした。ラフを拝見するたびにあんまり素敵で、書いている間の全ての苦労が報われました。本文の挿絵も拝見させていただくのがいまから楽しみでどきどきしています。

素晴らしい挿絵を本当にありがとうございました！　またいつかご一緒にお仕事させていただける機会があれば幸せです。

そして担当様。せっかくお仕事をいただけたのに、ご迷惑ばかりおかけして大変申し訳ありませんでした。担当様の編集者人生の中で、文句なしの劣等生な新人一位だったことはもう間違いなさそうです。

チャンスをいただいた上、貴重な時間を割いてたくさんのことを教えてくださったので、今後活かしていけるように全力で頑張りたいと思います。本当にありがとうございました！　次はぜひ、担当様が編集作業を忘れて読み耽ってしまうような情熱的でエロティカルな作品を……！（目標がでかすぎます）

そして、お手にとって読んでくださった方、この本に関わってくださった全ての方、本当にありがとうございました。

出来上がりがどんな風になるのか、今から楽しみでなりません。

御感想など一言でもいただけましたら、今後の精進の参考にいたします。

また次回作でお目にかかれる機会があれば本当に幸せです。

プリズム文庫をお買い上げいただきまして
ありがとうございました。
この本を読んでのご意見・ご感想を
お待ちしております!

【ファンレターのあて先】
〒153-0051 東京都目黒区上目黒1-18-6 NMビル
(株)オークラ出版 プリズム文庫編集部
『釘宮つかさ先生』『こもとわか先生』係

プリズム文庫

冷酷王子と不器用な野獣

2012年09月23日 初版発行

著　者　釘宮つかさ
発行人　長嶋正博
発　行　株式会社オークラ出版
〒153-0051 東京都目黒区上目黒1-18-6 NMビル
営　業　TEL:03-3792-2411 FAX:03-3793-7048
編　集　TEL:03-3793-8012 FAX:03-5722-7626
郵便振替　00170-7-581612(加入者名:オークランド)
印　刷　図書印刷株式会社

Printed in Japan　ISBN978-4-7755-1897-7